Irmgard Tabea Laps

Engel müssen keine Flügel haben

Irmgard Tabea Laps

Engel müssen keine Flügel haben

benno
VERLAG

Die Deutsche Bibliothek – CIP-Einheitsaufnahme

Laps, Irmgard Tabea:
Engel müssen keine Flügel haben : kleine Geschichten für Optimisten / Irmgard Tabea Laps. – Leipzig : Benno, 2001
ISBN 3-7462-1456-4

Dieses Buch ist nach den neuen amtlichen Rechtschreibregeln gesetzt.

ISBN 3-7462-1456-4

Umschlaggestaltung: Ulrike Vetter, Leipzig
Umschlagfoto: Erwin Wodicka
Herstellung: Kontext – Verlagsherstellung, Lemsel
Printed in the Czech Republic

Inhalt

Es müssen nicht Männer mit Flügeln sein,
die Engel.
Sie gehen leise, sie müssen nicht schrein,
oft sind sie alt und hässlich und klein,
die Engel.
Sie haben kein Schwert, kein weißes Gewand,
die Engel
Vielleicht ist einer, der gibt dir die Hand,
oder er wohnt neben dir, Wand an Wand,
der Engel.
Dem Hungernden hat er das Brot gebracht,
der Engel.
Dem Kranken hat er das Bett gemacht,
er hört, wenn du ihn rufst, in der Nacht,
der Engel.
Er steht im Weg und er sagt: Nein,
der Engel,
groß wie ein Pfahl und hart wie ein Stein –
es müssen nicht Männer mit Flügeln sein,
die Engel.

Rudolf Otto Wiemer

Haine kommt

Großvater Vogelbusch hatte sein Mittagsschläfchen gehalten. Erquickt und ausgeruht saß er nun, wie es seine Gewohnheit war, am Fenster und las in seiner alten Bibel … Ab und zu aber ließ er seinen Blick nach draußen schweifen. Über den Hof hin und zum Tor, das zum großen Grundstück führte …

Doch plötzlich erschrak er. Denn er sah zwei braune Uniformen über den Hof kommen … Hastig stand er auf, so gut es mit seinen 86 Jahren noch ging, und eilte in den Laden, wo Robert und Hanna gerade Kartons auspackten und Schuhe in die Regale stellten. Dabei hatte er nur einen Gedanken. Na, hoffentlich geht das gut. Hoffentlich merkt das keiner mit dem Versteck. – Und schon gar nicht darf der Haine dahinterkommen. Sonst sind wir geliefert. „Großer Gott, steh uns bei …" „Kinder, der Haine kommt. Und noch so ein Brauner!", rief Großvater Vogelbusch, als er den Laden betrat.

„Wenn die was von Morgensterns merken, dann Gnade uns Gott!", sagte er leise und ließ sich mit zitternden Knien auf den erstbesten Hocker, der neben der Tür stand, fallen …

„Großvater, der Haine?", fragte Hanna und wurde im Gesicht blass. Und Robert überlegte, ob er sich was zu Schulden kommen ließ. Oder sollte die Reinemachefrau was gemerkt haben?, schoss es durch seinen Kopf. Aber das konnte nicht sein, tröstete er sich.

„Was kann der Haine wollen?“ fragte Robert.

Hanna hob die Schultern und sagte: „Was weiß ich?“

„Ich hab’s euch ja gleich gesagt, das geht nicht gut“, klagte der Großvater. „Die Sache ist zu gefährlich. Aber ihr wolltet ja nicht auf mich hören … Also, wenn’s passiert, schiebt alles auf mich. Ihr wisst von nichts“, sagte Großvater Vogelbusch.

Robert erwiderte: „Großvater, bitte bleib ruhig. Und halte dich da raus. Und vergiss nicht: was wir getan haben und weiter tun an Gottes Geringsten, das haben wir auch für Jesus getan!“

„Ach ja, du hast ja Recht, Robert“, sagte Großvater Vogelbusch und gab sich zufrieden. Dann ging er zurück in sein Zimmer, setzte sich erneut ans Fenster, legte seine Hände auf die Bibel und hielt stille Zwiesprache mit seinem Gott …

Als Haine mit dem Braunen und mit zwei Säcken auf dem Rücken in den Laden eintrat, hatten sich Hanna und Robert gefangen. Sie grüßten freundlich und Robert schien es, als wäre der Ortsgruppenleiter nicht mehr der alte, nicht mehr ganz so stramm und forsch. Aber Robert nahm sich vor trotzdem vorsichtig zu sein.

Mit einem lauten: „Heil Hitler!“ ließen die beiden die Säcke vor Roberts Füßen fallen und Haine frage dabei: „Seit wann habt ihr mittags geschlossen? Ums ganze Haus mussten wir schleppen!"

Hanna, die von der Leiter gestiegen war, erwiderte: „Nun, es gibt sowieso nicht mehr so viel an neuen Schuhen, die man verkaufen könnte. Nur noch eine Flickschusterei sind wir, und das ist traurig."

„Ja, ja, ich weiß", sagte Haine. „Es gibt Engpässe. Und um alles muss man sich selbst kümmern. Aber hier in den Säcken sind ein Haufen Stiefel!" Haine wies mit der Hand darauf. „Robert, die musst du so schnell als möglich in Ordnung bringen. Unsere Soldaten brauchen sie dringend", sagte Haine und stieß den Braunen an. „Komm, Hans, wir bringen die Säcke gleich mal in die Werkstatt, wie sich's gehört. Robert, das ist dir doch recht?"

Robert sagte schnell: „Nun, ihr könnt die Stiefel hier liegen lassen. Sie stören nicht weiter."

„Ja, wir machen das schon selbst", meinte auch Hanna ...

Aber da hatten die Beiden bereits die Säcke geschnappt und Haine sagte entschieden: „Lass uns mal machen! Sonst geraten die Stiefel noch in Vergessenheit. Aber wenn sie in der Werkstatt vor deiner Nase liegen, Robert ... Es wird ein harter Winter werden. Und unsere Soldaten brauchen ganz dringend die Stiefel. Und, vielleicht kannst du Wärmeeinlagen einarbeiten?", fragte Haine, während er sich abschleppte ...

Robert nickte und stand vor der Werkstatt. Er nahm alle seine innere Kraft zusammen, bevor er die Tür öffnete, dicht gefolgt von Hanna, die einen Karton trug.

Die Männern polterten in den Werkraum und der braune Hans knallte seinen stiefelgefüllten Sack gegen die Wand und gegen die absichtlich gelöste Scheuerleiste. Sie zitterte und sprang aus der Fassung heraus. Dem Ortsgruppenleiter Haine direkt vor die Stiefelspitzen …

Hanna stockte der Atem. Mit zitternder Hand musste sie sich am Schraubstock festhalten. Und Robert merkte, wie ihm die Knie weich wurden. Er nahm alle Beherrschung zusammen und sagte: „Na so was!"

Haine bückte sich und nahm die Scheuerleiste in seine Hände. Er betrachtete sie mit kritischen Augen und meinte dann zu Robert: „Na, auch schon ganz schön morsch und wurmstichig. Die Leiste müsste erneuert werden", und reichte sie Robert hin …

Robert atmete auf, umklammerte die Leiste mit den Händen, dass die Knöchel weiß schimmerten und erwiderte: „Ja ja, erneuert werden. Daran hab ich auch schon gedacht. Aber Holz ist knapp geworden."

Er hatte sich gefangen, ging langsam auf die Wand zu und schob die Leiste vorsichtig an ihrem Platz ein. Als er sich wieder aufgerichtet hatte, sagte er noch: „Hab vor lauter Flickschusterei ganz vergessen sie festzunageln. So weit ist es schon gekommen ..."

Dann, Haine in seinen Langschäftern über prallen Waden, stolzierte auf und ab. Zwei Schritte hin, zwei zurück ... Genau über der Klappluke, durch die Morgensterns jeden zweiten Tag versorgt werden, blieb er stehen. Stille – denn Haine hielt inne und lauschte angespannt. „Was war denn das? Irgend so ein komisches Geräusch? So ein Summton?"

Robert blieb die Luft weg, um zu antworten. Und Hanna erwiderte mit heiserer Stimme: „Wahrscheinlich vom Werk drüben, vom Kesselhaus, da pfeift es des Öfteren mal."

Schräg fiel die Nachmittagssonne in die Schuhmacherwerkstatt ... Haine stand immer noch und spitzte die Ohren. Aber dann machte er eine forsche Kehrtwendung und trat drei Schritte seitwärts. Dabei sagte er: „Nun, Robert, dann werde ich euch nicht länger aufhalten. Das Vaterland ruft! Und ihr habt ja auch dicke zu tun."

„Ja, Haine, haben wir", entgegnete Robert leise, denn sein Hals war wie zugeschnürt. Dann dachte er noch: ‚Was steht er immer noch da? Was guckt er mich so durchdringend an? Soll er endlich machen, dass er verschwindet –'

Aber da sagte Haine schon: „Was ist, Robert, bist du krank? Du siehst heute auffallend blass aus ..."

„Nun", mischte sich Hanna beherzt ein, „ein bisschen andere Luft würde uns Beiden gut tun. Aber man kommt ja hier nicht heraus."

Sie gingen aus der Werkstatt und über den Hof. Haine klopfte Robert auf die Schulter. „Und vergiss nicht die Wärmeeinlagen."

„Ich werd mein Bestes tun. Ein bisschen Filz haben wir noch."

„Gut", sagte Haine und hatte es plötzlich eilig. „Komm, Hans, die Pflicht ruft." „Heil Hitler!", grüßten beide noch von der Pforte her und eilten mit großen Schritten davon …

Hanna sah ihren Robert an und er sah sie an. „Gott sei gedankt und gepriesen", seufzte Hanna erleichtert. „Lange hätte ich den Haine und diese Herausforderung nicht aushalten können." Sie gingen ins Haus und Robert trat an die Seite von Großvater Vogelbusch. Er legte die Hand auf dessen Schulter und sagte: „Kannst aufhören mit dem Beten, Großvater. Der Haine ist weg."

Ein frommer Heini!

Die Osterferien waren vorbei und wir Schulkinder hatten Fahnenappell. Unser Direktor Klingbeil sprach über Freundschaft und Frieden. Seine Worte ließen sogar rote Nelken im Weltall blühen. Zum Schluss sagte er noch: „Meine Schülerinnen und Schüler! Besiegt euch selbst! Bringt volles Soll! Euch gehört eine lichtvolle Zukunft! Darum wehrt dem Klassenfeind!“ Klingbeil hielt mit dem Sprechen inne. Er hob das Gesicht und sah in meine Richtung. Dann wies er mit seiner Hand auf mich und sagte: „FDJ-ler! Unter euch ist ein Schüler, der quer schießt! Es ist Markus Ehrlicher aus der Klasse 10 b. Ein Außenseiter! Einer, dem sein Jesus wichtiger ist als unsere Einheitspartei und Gesellschaft …“

Das Urteil war gesprochen, gezielt und unmissverständlich. Es traf mich, und auch die Herzen und Hirne meiner Mitschüler …

Mir stockte der Atem. Eine heiße Glut stieg in mein Gesicht. Denn ich spürte unzählige Augenpaare auf mich gerichtet, und sie blieben prüfend an mir hängen. Aber ich vernahm keine Buhrufe und keine Pfiffe. Nur ein leises Raunen ging durch die Menge und zerfetzte Sätze drangen an mein Ohr. „Wer ist es? Wo denn? Ein Klassenfeind? Unser Markus? Mann o Mann, der hat ja Mut …“

Endlich war der Fahnenappell vorbei. „Gott sei Dank", seufzte ich aus ehrlichem Herzen und eilte mit den anderen Schülern in mein Klassenzimmer. Dabei verschafften sich einige Luft. „Mal ganz was andres heute! Blindgänger Klingbeil! Der sieht nicht, was Tatsache ist! Der hat sie doch nicht alle …"

Du großer Gott, schoss es durch meinen Kopf. Was hab ich denn Unrechtes getan? – Noch vor einem halben Jahr war ich für meine Mitschüler ein Vorbild. Da hat mich der Direktor wegen kollegialen Verhaltens gelobt, eine Urkunde überreicht und mich mit einem kräftigen Händedruck geehrt. „Mach's weiter so, Markus", hat er gesagt. Doch was ist heute? Öffentlich abgestempelt hat man mich.

Nun, ich geb ja zu: Mein Emblem „Schwerter zu Pflugscharen" ist schon eine Herausforderung. Als einziger Schüler laufe ich damit herum, sehr zum Ärgernis für alle Lehrer und den FDJ-Sekretär.

Aber meiner Mutti gefällt das Emblem. Fein säuberlich hat sie es auf den linken Ärmel von meinem Parker genäht und dabei auch noch gesungen: Nun aufwärts froh den Blick gewandt und vorwärts fest den Schritt! Wir gehn an unsres Meisters Hand, und unser Herr geht mit … „Markus, denk immer daran", hat sie noch gesagt. Mit diesem Zuspruch war ich dann fröhlich zur Schule geeilt …

Jens, mein Banknachbar, stößt mich an und flüstert mir zu: „Markus, pfeif drauf auf den ‚Roten Pfeffer'. Nimm doch die Sache nicht so schwer."

Ich schwer nehmen? Nun ja, Salz sein ist kein Zuckerschlecken. Aber da muss ich durch. Mein Gott, wenn ich an die vergangenen Wochen denke? Bis ins Treptower Rathaus haben mich die Genossen hinbefohlen. Und dort ging es rund! Dreiundzwanzig Goliath-Riesen waren über mich hergefallen und nahmen mich mächtig in die Zange. Dauernd kamen sie mir mit Marx, Thälmann und vielen anderen harten Argumenten und Drohungen …

Aber ich, der kleine David, kam ihnen im „Namen des Herrn" und mit seinem Jesus. Ja, ich war unerschrocken! Denn ich wusste: Hinter mir standen während dieser Zeit treue Beter. Meine drei älteren Geschwister, meine Mutter und einige Glaubensschwestern von meiner Kirchengemeinde … Das war doch was, nicht wahr? Und Gott hat mir die richtigen Worte in den Mund gelegt. Ohne Angst und Zittern habe ich Rede und Antwort gegeben …

Mein Schuldirektor Klingbeil geriet außer sich. Wütend brüllte er mich an: „Das ist unerhört! Wenn du nicht endlich einlenkst, dann fliegst du von der Schule!", drohte er.

Daraufhin erschrak mein Klassenlehrer Becker. Er äußerte einige Bedenken und sagte noch: „Ein

Verweis wirbelt doch noch mehr Staub auf. Es wäre kein Plus für uns Lehrer. Außerdem gehört Markus zu meinen besten Schülern und wir stehen jetzt in den Abschlussprüfungen. In einigen Wochen ist sowieso alles vorbei."

Daraufhin kamen mir einige unbekannte Größen mit gut gemeinten Ratschlägen: „Markus, nehmen Sie Vernunft an. Bleiben Sie nicht im ewig Gestrigen. Überwinden Sie endlich ihren frommen Schweinehund."

Nun, ich nahm die Ratschläge nicht an und blieb bei meiner Überzeugung. Aber seitdem grüble ich über vieles nach. Über meine Welt, in der ich lebe. Auch über allen Sinn und Unsinn, der um mich herum geschieht. Was ist Wahrheit? – Was ist Heuchelei? – frage ich mich immer wieder. Und wo sind die vielgepriesenen gleichen Rechte? Sind wir Christen denn keine Bürger? Aber am meisten kitzeln mich die Äußerungen: „Staatsfeind" und „Frommer Heini".

Es gibt viele Gründe, warum ich mich für Jesus entschieden habe. Das war bei einer christlichen Jugendrüste. Und da hab ich beim Bibellesen und Lobpreissingen endlich erfahren: Zwei Herren kann ich nicht dienen. Da hat Jesus zu mir sehr ernst gesprochen: Markus, folge mir nach. Denn ich bin der Weg, die Wahrheit und das Leben ... Ja, darum geht es. Jesu Jünger möchte ich sein. Aber nicht mit einem geteilten Herzen. Und auch nicht mit faulen Kompromissen. Mein

Lebensschiff hat eine neue Richtung eingeschlagen und mein Ziel ist klar. Denn Jesus ist mein Steuermann. Und ich bin sein Schiffsjunge. Deshalb hab ich nach der Rückkehr von der Jugendfreizeit sofort den FDJ-Ausweis zurückgegeben …

Na, der FDJ-Sekretär hat vielleicht Augen gemacht und gesagt: „Markus, du hast wohl nicht alle Tassen im Schrank?“ Dann hat er mich analysiert, kritisiert und zum Schluss gemeint: „Was bist du bloß für ein frommer Heini! Das hat Konsequenzen!“, drohte er.

Vorige Woche war es dann so weit. Die Partei- und die FDJ-Leitung betraten unser Klassenzimmer. Natürlich war auch der Schuldirektor dabei. Er machte ein wichtiges Gesicht und sagte: „So, wir wollen endlich mal Ordnung schaffen. Unsere Schule ist kein Irrenhaus. Außenseiter können wir nicht gebrauchen. Erst im kollektiven Denken und Handeln erweist sich ein guter Mensch. Deshalb bitte ich Sie, Markus Ehrlicher, verlassen Sie den Klassenraum.“

Mein Lehrer Becker sah mich traurig an und hob ratlos die Schultern. Er gab mir mit der Hand ein Zeichen zu gehen …

Ich war bis ins Herz getroffen. Alles in mir zog sich zusammen. Endlich stand ich auf, setzte mich in Bewegung und sah nur noch die Türklinke. Dann stand ich, wie vor dem Kopf geschlagen, auf dem langen Flur. Ich konnte nicht lachen und nicht weinen. Ja, ich fühlte mich in diesen Augenblicken total von Gott verlassen. Allein gelassen! Nicht einmal beten konnte ich. Denn ich ahnte sehr wohl, was sich in meiner Klasse abspielen würde ... Jetzt werden sie mit „Rotlicht“ bestrahlt, gegen mich aufgehetzt, meine Mitschüler ... Wer ist für mich? Wer ist gegen mich? Holger vielleicht? – Und was ist mit Heike, Ines, Evi und Jens? Fragen über Fragen. Reißende Gedanken trieben mich um und machten mich mutlos. So vergingen die Minuten, die eine volle Stunde füllten ...

Dann endlich wurde ich aus meinen wirren Gedanken gerissen.

Auf den Flur trat der FDJ-Sekretär. Er rief mir zu: „Mach hin, du frommer Heini! Deine Mitschüler warten auf dich!“

Zögernd trat ich in meine Klasse. Sechsundzwanzig Augenpaare sahen mich an. Was für Gesichter? – Nicht nur triste Fassaden ...

Direktor Klingbeil ergriff das Wort. Er sagte: „So, Markus, wir machen es kurz und demokratisch. Es wird abgestimmt. Ihre Mitschüler sollen selbst entscheiden, ob sie Sie im Klassenverband noch haben wollen. Sind Sie damit einverstanden?“

Ich konnte nur nicken und ein leises „Ja“ hauchen. Denn ich stand vor meinen Mitschülern wie ein Verurteilter und wagte kaum zu atmen. Mir war, als wenn ich innerlich platzen müsste.

Wie ein Vulkan brodelte es in mir. Oder war es die Flamme Gottes, die züngelte? – Im Klassenzimmer war eine unsagbare Anspannung und Stille …

Endlich ergriff Klingbeil das Wort. „So, wir stimmen jetzt ab. Wer von Ihnen dafür ist, dass Markus Ehrlicher im Klassenverband verbleibt, der hebe bitte die Hand.“ Einen Augenblick geschah nichts, gar nichts. Und ich hörte mein Herz rasen. Aber dann gingen zwei-vier-acht- und und und, alle Hände hoch, bis auf eine. Die von Jürgen blieb unten. Seine Eltern waren leitende Genossen.

Mir schossen vor Ergriffenheit Tränen in die Augen. Oh mein Gott, war das ein Sieg! Für mich und für alle meine ehrlichen Mitschüler. Sie ließen sich nicht einschüchtern und manipulieren …

Unser Schuldirektor Klingbeil war fassungslos. Ungläubig dreinschauend, wanderten seine Augen von Bank zu Bank. Bei Angela, unserer Klassensprecherin, blieben sie hängen. Er schnappte nach Luft und fragte: „Was, auch du? Wieso du? Was ist eigentlich in euch gefahren? Was fällt euch ein?!“, brüllte er plötzlich. „Wortbrüchig seid ihr geworden! Das wird ein Nachspiel haben!“, drohte er und eilte aus unserem Klassenzimmer, gefolgt von der Partei- und FDJ-Leitung …

Jens stößt mich an. Er reißt mich aus meinen Gedanken. Ich muss mich besinnen. Ach ja, wir haben Deutsch mündlich. Heinrich Heine ist unser Thema. Und ich habe die Hälfte der Stunde verpasst …

Lehrer Becker, unser Deutsch- und Klassenlehrer, ist ganz okay. Er versteht uns im Unterricht zu fesseln. Mit ihm ist es nie langweilig. Lebendige Unterrichtsgestaltung, oft heiter gewürzt. Dennoch hält er die Zügel fest in der Hand. Sogar die Lustlosen und Bequemen bringt er zur Mitarbeit und in Bewegung …

Wir Schüler, auch ich, sind jetzt voll bei der Sache. Unsere Antworten sind meistens richtig. Herr Becker freut sich. Einige Mädchen rezitieren Liebesgedichte. Ute schmeißt sich dabei fast weg. Ich bin gerührt und fasziniert. Aber nicht nur von ihrem Aufsagen. Sie gefällt mir und ich zwinkere ihr zu …

Lehrer Becker geht langsam durch die Reihen. Er bleibt neben meiner Bank stehen. Seine Augen schauen mich an, als er sagt: „Nun Markus, rezitiere bitte ‚Die schlesischen Weber'."

Ich kriege einen Schreck und fahre hoch. Was soll ich? „Die schlesischen Weber" rezitieren. Ist das denn schon wieder eine Herausforderung gegen mich? Mir wird heiß und mein Mund bleibt stumm. Meine Kehle wird mir zu eng. Ich schlucke und schlucke und sehe mich Hilfe suchend um. Einige Schüler werfen mir aufmunternde Blicke zu. Ich weiß, sie mögen mich …

Mein Lehrer Becker wird ungeduldig. Er trommelt mit den Fingern auf die Bankfläche. „Nun, Markus, was ist? Bitte fange endlich an. Oder hast du das Gedicht nicht gelernt?“, fragt er mich.

Ich räuspere mich, hole tief Luft, setze an und schweige. In meinem Herzen aber flehe ich: „Oh mein Gott, steh mir bei.“ Da spüre ich eine innere Kraft in mich hineinfließen und ich höre mich sagen: „Herr Becker, bitte verzeihen Sie. Aber ‚Die schlesischen Weber‘, kann ich nicht vortragen. Denn ich möchte meinen Gott, der mir so viel bedeutet, nicht verfluchen. Das müssen Sie doch verstehen. Vielleicht kann ich ein anderes Gedicht aufsagen?“

Jürgen springt daraufhin aus seiner Bank und zischt mich an: „Extrawürste gibt es nicht! Das kann ja jeder sagen!“

„Na erlaube mal! Was fällt dir ein?“, protestieren Ute und Heike. Einige Schüler lachen und Jens stürzt sich auf Jürgen. Es kommt zum Handgemenge und zur Prügelei …

„Ruhe! Was soll das!? Jens und Jürgen, eure überschüssigen Kräfte könnt ihr beim Sport ablassen!“, mahnt Lehrer Becker und bringt die beiden Kampfhähne auseinander. „Bitte geht in eure Bänke zurück.“ Dann wendet er sich von uns ab. Er geht ans Fenster und schaut auf den Hof hinunter. Seine Arme ruhen auf dem Rücken. So steht Lehrer Becker da und verweilt eine ganze Weile …

In unserem Klassenzimmer scheint die Zeit stille zu stehen. Auch ich hab mich in mich zurückgezogen. Was wird er wohl machen? Wie wird er entscheiden?, geht es mit durch den Sinn.

Endlich wendet sich Lehrer Becker uns zu. Seine Augen bleiben an mir hängen. Wir halten im Blick einander fest. Dann endlich sagt Lehrer Becker zu mir: „Deine Bitte, Markus, wird akzeptiert. Und vergiss nicht: ‚Deutschland, ein Wintermärchen' steht noch aus." Mit diesen Worten geht er an sein Pult zurück. Er schlägt das Klassenbuch auf, macht einige Eintragungen, und da kommt auch schon das Pausenzeichen …

Hintze ist wieder da

„Hast du schon gehört? Die Amnestie für die Politischen ist erfolgt. Der Hintze ist aus dem Knast entlassen." „Was denn, der Michael? Der Enkel von der Treulichen?" „Ja der!" „Wirklich? Nein, das kann doch nicht wahr sein ..."

Es war aber wahr. Hintze war aus dem Zug gestiegen und hatte sich nach einem bekannten Gesicht umgeschaut. Aber da war keiner gekommen, der ihn begrüßte. Nicht Großmutter, nicht Monika, ja und nicht mal sein Seelsorger, Pfarrer Hartmann, der ihn regelmäßig im Gefängnis besucht hatte ...

Auf Hintzes Gesicht machte sich Enttäuschung breit. Aber dann schlug er sich gegen die Stirn. „Menschenskind! Ich bin ja einen Zug früher gefahren, konnte es nicht erwarten, endlich zu Hause zu sein", murmelte er und schnappte seinen Koffer. Dann steuerte er auf den Ortseingang zu. Im blauen Samtjackett und grauer Hose. Sogar eine geblümte Krawatte hatte er umgebunden und Gerlachs Elke ein Lächeln zugeworfen, als sie an ihm vorbeiging.

Hintze setzte seinen Weg zielstrebig fort. Die Baumkronen über ihm waren voller Vogelgezwitscher. Das stimmte ihn froh. Endlich bin ich frei wie ihr, dachte er. Zwei Jahre in Waldheim waren lang genug. Die Bande, die dort einsitzt, kennt nur Mord und Totschlag. Und ich, der Grenzer, der Befehlsverweigerer, der auf die Flüchtlinge mit den zwei Kindern nicht schießen konnte und wollte.

Hintze hatte eine Anhöhe erreicht und überschaute den Ort. Es rauchen jetzt weniger Schornsteine, stellte er fest. Die Luft riecht wieder nach Wald, freute er sich und sein Blick wanderte dabei in eine bestimmte Richtung … Einen Tag ausspannen, aber dann nichts wie hin zu Moni und Uwe. Bei dem Gedanken an seinen unehelichen Sohn huschte ein Lächeln über sein Gesicht. Menschenskind, der Kleine braucht mich bestimmt sehr. Ein Kind ohne Vater – das ist doch nichts, dachte Hintze und setzte sich erneut in Bewegung … Er kam an seiner ehemaligen Eisengießerei vorbei. Wie ausgestorben lag sie da. Kein Arbeiter zu sehen. Dicht gemacht haben sie alles, stellte er fest. Das kann ja heiter werden mit meiner Arbeit. „Kunstschmiederei ade", murmelte er …

Die letzten Meter ging Hintze langsamer. Es war seine Straße, in der er geboren wurde, aufwuchs und schon viele Jahre mit seiner Großmutter wohnte. Seit seine Eltern einen tödlichen Unfall hatten. Hinter den Gardinen bewegte es sich. Ob sie sich freuen, dass ich entlassen bin? Was mögen sie denken?, ging es ihm durch den Sinn. Was bin ich für sie heute? Ein Held? Ein

Versager? – Auf alle Fälle ein Befehlsverweigerer ... Schade, keiner tritt vor das Haus. Keiner sagt: „Na, Michael, endlich wieder da? Komm doch rein, setz dich, wie geht es dir? Erzähl schon, wie war's in Waldheim? Und, was willst du jetzt machen, nach der Wende ...?"

Hintze hat es plötzlich eilig. Großmutter wartet auf mich. Bestimmt freut sie sich, dass der Spuk endlich vorbei ist und ich komme ...

Das Haus liegt am Ende der Straße. Es ist ein Fachwerkhaus mit kleinen niedrigen Fenstern und der eingebrannten Jahreszahl 1872. Über dem Eingang steht ein alter Spruch: „Deinen Eingang und Ausgang segne Gott" ... Das ist ein guter Spruch, freut sich Hintze.

Großmutter Treulich eilt mit ausgebreiteten Armen, trippelnden Schritten und Tränen in den Augen ihrem Enkel entgegen. Sie drückt ihn an sich und legt mit weinerlicher Stimme los. „Ach, mein armer Junge, ach Micha, Gott sei gelobt und gepriesen, endlich bist du wieder da", schluchzt die alte Frau mit erstickter Stimme ... „Ich wollte dich abholen, aber meine geschwollenen Beine. Ach, komm doch rein, leg ab ... und wie blass du aussiehst und dünn bist du geworden ... Ja, gab es denn im Gefängnis nicht genug zu essen?", jammert Großmutter Treulich und fügt hinzu: „Setz dich, Micha, ich hab dein Lieblingsessen gekocht. Bratwürste, Kartoffelbrei mit viel Zwiebeln drauf und Sauerkraut gibt es. Hier, schau doch, schau, sieht lecker aus, komm, iss mal, mein Junge, iss. Du wirst ja ausgehungert sein“, sagte die Alte und Tränen tropften auf das Essen …

Hintze hatte im Wohnzimmer am runden Tisch Platz genommen. Er rieb sich vor Vergnügen die Hände und nahm das Besteck. Dabei sagte er: „Danke, Großmutti, wirklich, ich hab mächtigen Kohldampf. Und wie gut das riecht!“ Hastig fing er an zu essen …

Großmutter saß dabei, schaute ihm zu und ihre Augen waren voller Güte und Wärme als sie sagte: „Hast du mein kleines Päckchen noch bekommen? Und, war es denn auch das richtige Rasierwasser?“

„Ja, Großmutti, war es. Danke auch, hab mich gefreut“, mümmelte Hintze und streichelte kurz ihre abgearbeitete Hand …

„Und Pfarrer Hartmann, hat er dich auch jeden Monat besucht?“

„Ja, Großmutti, hat er. Anfangs gab es Schwierigkeiten. Aber er hat die Besuche durchgesetzt. Na, du kennst ihn ja. Nicht umsonst heißt er Hartmann. Er hat mir viel geholfen, ist okay, der Mann … Großmutti, du glaubst ja nicht, wie ich mich auf zu Hause gefreut hab, du bist wirklich ein Schatz und so lieb …“

„Micha, ich hab auch noch Käsekuchen gebacken. Den hast du doch immer sehr gemocht. Na, was ist, möchtest du ein Stück?“

„Später vielleicht. Aber jetzt bin ich rundum satt", sagte Hintze und stand vom Tisch auf. Er legte seinen Arm um Großmutter Treulich, drückte sie an sich und sagte: „Großmutti, ich möchte jetzt, na, du weißt schon ..." Er griff nach seinem Koffer und stieg damit die alte steile Holztreppe hoch ...

Da war sein Zimmer. Das Bett mit einem karierten Bezug frisch bezogen. Auf dem Tisch stand ein Blumenstrauß. Daneben lag eine Spruchkarte. Hintze las: „Alle eure Sorgen werfet auf IHN, denn ER sorget für euch." Typisch Großmutti, musste er denken und ließ seinen Blick durchs Zimmer schweifen. Alles war noch so, wie er es verlassen hatte. Hintze warf sich aufs Bett. „Endlich zu Hause!", freute er sich und seine Augen fielen auf das Foto, das neben seinem Nachttisch lag. Es waren Monika und der Kleine. Uwe, gerade mal drei Jahre alt. Er küsste das Bild und stellte es zurück.

Hintzes Gedanken wanderten in die Vergangenheit ... Das erste Mal mit Moni – bei ihm auf der Bude. Das war eine Schau. – Er und sie allein, beim Kerzenlicht. Romantischer Anflug zu zweit. Und Monika mit ihren runden Brüsten ... ihrem kurzen Rock und den langen Beinen ... Das erste Mal probiert – und da war es auch schon passiert. Beide waren sie da gerade mal zwanzig Jahre ...

Da hielt es Hintze nicht länger aus. Er sprang von seinem Bett hoch, schnappte sich den Asternstrauß, den ihm Großmutter zur Begrüßung auf den Tisch gestellt hatte, und polterte mit eiligen Schritten die Treppe hinunter und schon war er draußen. Er lief am Dorfteich vorbei und bog in die kleine Gasse ein …

Hintze stand keuchend vor dem Einfamilienhaus von Familie Schneider. Er blies sich Wind unter die Nase und drückte stürmisch auf den Klingelknopf … Den Blumenstrauß hatte er hinten auf dem Rücken versteckt. Moni wird Augen machen, musste er denken, während er fast vor Ungeduld platzte. Erneut läutete er …

Endlich! In der Tür stand Monikas Mutter. Überrascht, mit großen Augen sah sie ihn an. „Michael, du?“, staunte sie. „Moni ist nicht da. Sie hat Parteiversammlung und kommt wahrscheinlich spät …“

„Parteiversammlung?“, wunderte sich Hintze. „Und was macht unser Uwe? Kann ich ihn sehen, den kleinen Knirps?“

Frau Schneider machte eine abwehrende Handbewegung und vertrat ihm den Eintritt. „Das geht nicht, Michael. Uwe ist im Kindergarten.“

„Ja, hat denn Moni nicht meinen Brief erhalten? Ich hab ihr doch geschrieben, dass ich heute entlassen werde und komme …“

Frau Schneider fiel ihm ins Wort. „Das kann ja sein! Aber weißt du nicht, dass Monika wieder verheiratet ist. Hat sie dir es nicht geschrieben? Und außerdem warst du sowieso nicht der richtige Mann für unsere Moni. Nach allem, was passiert ist. Das müsste dir doch wohl klar sein, Michael", sagte Frau Schneider und knallte die Tür vor seiner Nase zu.

Hintze brachte keinen Satz mehr aus sich heraus. Ihm war, als müsste er ersticken. Die Hände wurden ihm feucht. Er ließ den Strauß fallen. Vor seinen Augen fing sich alles zu drehen an. Er griff nach dem Geländer und hatte nicht mehr die Kraft noch mal zu läuten. Er konnte es nicht fassen, dass Schluss sein sollte, einfach Schluss. Mach's gut, schön, dass du mir ein Kind gemacht hast. Schade nur, dass du im Knast warst, du Feigling, du Republikverräter, du Pazifist …

„Scheiß Weiber! Verdammte DDR! Die längste Zeit hat es dich hoffentlich gegeben … Ihr alle mit eurer falschen Gesinnung, ihr alle kotzt mich an!", wetterte Hintze wütend und spuckte aus …

Hintze eilte geradewegs auf Hansens Gasthaus zu. Den Ärger musste er sich erst mal runterspülen. Hastig stolperte er in die Gaststube.

Der Bier- und Tabakgeruch schlug ihm entgegen. Die Kneipe war gut besucht und fast alle Tische besetzt. Am längsten Stammtisch saßen immer noch die Ortswichtigsten bei ihrem Skat. Die Tischplatte erzitterte unter ihren wuchtigen Schlägen. Und der ehemalige SED-Bürgermeister hatte immer noch das lauteste Wort …

Hintze steuerte direkt auf sie zu, schlug einen Biergruß auf die Tischplatte und sagte: „Grüß

Gott, Genossen!“ Er postierte sich zu ihnen hin, zu den bekannten Gesichtern. Herausfordernd war sein Blick auf sie gerichtet, als er dachte: Jetzt müsst ihr mich ansehen, ihr roten Socken. Jawohl, euer Hintze ist wieder da. Der ungeliebte Außenseiter mit seiner pazifistischen Gesinnung …

Hintze winkte den Wirt heran. Er bestellte ein Wernersgrüner Bier. Dann nahm er das volle Glas und trank den Umsitzenden zu. Mit auffälliger Gebärde rief er: „Zum Wohl, Genossen!“, doch sie reagierten kaum. Nur der Bürgermeister sah kurz auf und sagte: „Na Micha, wieder im Lande. Es hat sich inzwischen Einiges bei uns geändert.“

„Hoffentlich!“, entgegnete Hintze schroff und war erneut in Gedanken. Vielleicht ist es mit Monika besser so, gab er sich ein. Die hätte ich nicht halten können. Und überhaupt, Partei? Jetzt nach der Wende? Na ja, ein rotes Radieschen war sie schon immer …

Hintze verzog sein Gesicht. Und womöglich bin ich ein Versager im Bett?–, grübelte er weiter. Was bin ich schon wert ohne Hoden? Waldheimer Aasbande. Brüllen und treten, das konnten die Kriminellen. Ja, bin ich überhaupt noch zeugungsfähig?, fragte er sich in Gedanken, während der Wirt den dritten Strich an Hintzes Deckel abzog. „Trink nicht so hastig, Michael“, mahnte er und bediente schnell. Er hatte an diesem Freitag alle Hände voll zu tun …

Ja, vergessen und vergeben – leichter gesagt als getan, sinnierte Hintze weiter … Immer schielt mich mal an wie einen Verbrecher. Was wisst ihr schon groß? War einer von euch schon in Bautzen oder in Waldheim? Schwere Jungs brummen da. Die schießen nicht nur auf Spatzen wie ich. Hintze musterte der Reihe nach die Ortsgewichtigen und sprach laut vor sich hin. „Und wenn du im Knast nicht spurst, Bürgermeister", er sah ihn scharf an, „dann hauen sie zu, dass das Blut spritzt! Und treten rein in den Sack, bis er matsch ist. Jawohl, Genosse Bürgermeister, du hast verstanden! Matsch ist!"

Mit einem Ruck war Hintze hoch. Er schlug mit der flachen Hand auf den Tisch und brüllte: „Was glotzt ihr so? Verdammte rote Gesellschaft! Wenn man es mit euch so machen würde!"

Der Wirt sprang hinzu und versuchte Hintze zu beruhigen. „Micha, gib Ruhe. Komm, setz dich, mein Junge", mahnte er.

Hintze knallte sich in seinen Sessel zurück und war voller Aufruhr. Er trank einen Schluck und rief laut: „Zum Wohl, Genossen! Es lebe die Gewaltlosigkeit und die Gerechtigkeit!"

In dem Augenblick ging die Eingangstür von der Gaststube auf und der Ortspfarrer trat ein. Irgendjemand rief: „Leute, da kommt ja die Gerechtigkeit!" Und der Wirt sagte: „Gut, dass Sie kommen, Herr Pfarrer Hartmann. Unser Michael hat gerade auf sie getrunken …"

„Das freut mich zu hören", entgegnete Hartmann und eilte auf Hintze zu. „Gott sei Dank, Michael, endlich hab ich dich gefunden." Er nahm neben ihm Platz. „Wieso sitzt du hier? Vergeblich habe ich auf dem Bahnhof nach dir Ausschau gehalten. Hast du unsere Vereinbarung verschwitzt?" Und zum Wirt sagte er: „Hansen, ein Helles bitte! Doch was ist mit dir? Hattest du Ärger? Michael, nun sag doch was." Pfarrer Hartmann sah ihn besorgt an. Er dankte für das gebrachte Bier und trank einen Schluck. Dann musterte er die Umsitzenden und überschaute die Lage … Am Tisch war es merklich stiller geworden und der Bürgermeister fing an zu flüstern …

Hintze schaute mit trüben Augen ins Leere. Die Lippen hatte er fest aufeinander gepresst. Aber nach einer Weile sagte er: „Gut, dass du da bist, Hartmann. Und Ärger hatte ich heute schon mehr als genug. So schnell geht aller Schmerz bestimmt nicht vorbei. Und wie hab ich mich auf zu Hause gefreut", seufzte Hintze.

„Ja, Michael, das glaub ich dir. Und Gott heilt geschlagene Wunden mit der Zeit", tröstete Pfarrer Hartmann und fügte hinzu: „Ja, und bei dir sitzen sie sehr tief. Hab Geduld, mein Junge. Die Leute hier", er machte eine ausschweifende Handbewegung, „müssen sich an dich wieder gewöhnen. Das geht nicht von heute auf morgen. Versteh' doch, Micha, vielleicht bist du ihnen eine Anklage …"

„Anklage? Ich, für die hier? Die sind doch immer noch obenauf“, sagte Hintze müde und rieb sich mit den Händen die Augen …

Eine Weile schwiegen beide. Aber dann ergriff Pfarrer Hartmann erneut das Wort. „Hör zu, Michael. Ich hab Arbeit für dich in Aussicht. In einer Tischlerei. Die würden dich nehmen. Und weißt du noch, wie du schon als kleiner Junge am Holz herumgeschnipselt hast?“, sagte Pfarrer Hartmann und sah, wie Hintze anteilnahmslos ins Bierglas starrte. Er konnte ja nicht wissen vom Schmerz mit Monika und Uwe und was sonst noch vor wenigen Minuten vorgefallen war … „Nun, Michael, was ist mit dir? Was meinst du dazu? Ja, und Pyramiden, Krippen, Holzleuchter und Nussknacker sind ganz groß im Kommen. Du wirst sehen, Michael, in ein paar Wochen hast du dich in unserer Kleinstadt wieder eingelebt“, sagte Pfarrer Hartmann und fasste Hintze am Oberarm …

Der wehrte ab. „Eingelebt? Wohl kaum“, sagte Hintze bitter und dachte bei sich: Du hast wieder mal fein gesprochen, richtig fromm und optimistisch. Du gibst dir wirklich Mühe mit mir. Aber frag mich bloß nicht gleich, ob ich in die Kirche eintreten will. Nicht gleich, Herr Pfarrer, nicht gleich. Aber mit Gott anfangen …

„Nun, wie sieht es aus, Michael?“, unterbrach Hartmann das Schweigen. „Und was sitzen wir hier noch lange herum? Komm, lass uns gehen.

Deine Großmutter wartet mit dem Käsekuchen auf dich. Na, und bestimmt kriege ich auch ein Stück ab?", sagte Pfarrer Hartmann und winkte Hansen herbei …

Sie bezahlten jeder ihre Zeche, standen auf, sagten zu den umsitzenden Ortsgewichtigen „Grüß Gott!" und strebten dem Ausgang zu …

Wenn dein Bruder sündigt,
weise ihn zurecht;
und wenn er sich ändert,
vergib ihm.
Und wenn er sich siebenmal am Tag
gegen dich versündigt
und siebenmal wieder
zu dir kommt und sagt:
Ich will mich ändern!,
so sollst du ihm vergeben.

Lk 17,3b-4

Gott gibt mehr, als wir erbitten

„Oh, mein Heiland. Bitte schenke mir, dass ich in dieser Adventszeit nicht Trübsal blasen muss. Du weißt doch, seit ich geschieden bin, fühle ich mich so allein gelassen. Die Abende sind schrecklich! Ein zweites Jahr halte ich das nicht aus", betete ich.

Dann saß ich da. Die Kerzen brannten, und es war sehr still in meinem Wohnzimmer. Unlustig knabberte ich Weihnachtsgebäck und trank Tee dazu. Der Nachmittag sickerte langsam in den Abend. Wenn doch wenigstens eines meiner Enkelkinder käme, vielleicht die Claudia, wünschte ich und blickte in das flackernde Licht.

Ich trat an den Bücherschrank. Aus Verzweiflung nahm ich ein Buch zur Hand. Mein Schwiegersohn hatte es mir geliehen und besonders empfohlen. Ich schlug es auf und las: „Ich möchte Johannes heißen." Das Leben eines großen Papstes. Hoffentlich ist diese Biographie nicht zu trocken geschrieben, dachte ich und setzte mich im Sessel zurecht. Mit einem Seufzer fing ich an zu lesen. Erstaunlich, ich las und las. Der kleine Angelo, seine Eltern und sein Umfeld, in dem er aufwuchs, beeindruckten mich sehr. Dabei vergaß ich Zeit und Stunde. Eine Kerzenlänge war längst abgebrannt. Ich griff zur Packung und schmückte das Zimmer mit einem neuen Kerzensegen. Dann vertiefte ich mich erneut in mein Buch. Plötzlich läutete es Sturm. Nanu, wer kann das so spät noch sein?, dachte ich und eilte um nachzusehen.

Im Windfang, hinter der Ornamentglastür, erkannte ich eine hoch aufgeschossene Gestalt. Ich öffnete und war überrascht. „Karlheinz, du?", staunte ich und erschrak. Alkoholgeruch flog mir entgegen. „Von wo kommst denn du jetzt noch her?"

„Servus, Irmi", grüßte er und stolperte an mir vorbei in die Diele. „Mein Gott, du bist ja rückfällig geworden", sagte ich unsicher und fühlte mein Herz pochen.

Karlheinz ließ seine große Reisetasche fallen. Er trat einen Schritt auf mich zu, neigte sich vor, sah mich mit trübem Blick an und gab mir einen Kuss auf die Stirn. Dann sagte er mit schwerer Zunge: „Irmi, dein lieber Gott hat mich verlassen. Aber noch nicht ganz. Jetzt bin ich ja bei dir. Mann o Mann, ich lach' mich tot. First Lady gibt sich mit Ganoven und Säufern ab. Schön, wirklich schön. Fast wie Christus. Lass das nur nicht deine Frommen wissen."

Ich half ihm aus der Kutte. Er hatte kaum noch Kraft, sich auf den Beinen zu halten. Karlheinz wippte hin und her und schwankte in mein adventlich geschmücktes Zimmer. „Hübsch! Und so hell", stellte er fest. „Halleluja! Gelobt sei der da kommt im Namen des Herrn", pries er und ließ sich auf die Couch fallen.

„Lästere nicht Gott", bat ich leise.

„Irmi, es lebe deine keusche Seele!", rief er mit einer ausschweifenden Handbewegung.

„Vier Jahre trocken war ich. Vier Jahre. Und nun? Oh, bin ich knülle. Und mein Kopf brummt", klagte er und stützte ihn in beide Hände. „Das sticht da drinnen wie tausend Nadeln, nicht auszuhalten."

Karlheinz wühlte mit den Händen in seinem vollen schwarzen Haar. Wüst hing es ihm ins Gesicht, als er sagte: „Abgehauen bin ich. Die Ganoven in Schwarzenberg gönnen einem keine Ruhe. Nicht mal nachts. Und die Weiber erst. Die kannste alle vergessen!" Karlheinz streckte sich lang. „Schlafen möchte ich, endlich schlafen", murmelte er und zog sich in sein Elend zurück.

Ich zog ihm die Schuhe aus und schob ein Kissen unter seinen Kopf. Behutsam deckte ich ihn mit einer Wolldecke zu. Schweigend löschte ich die Kerzen aus. „Dann gute Nacht", sagte ich noch. Doch ich bekam keine Antwort mehr. Ich nahm das Buch an mich und ging nach oben in mein Zimmer. Ich zog mich aus und stieg ins Bett. Eine Weile noch wollte ich lesen. Aber meine Gedanken wanderten hin und her. „Mein Gott, nun wird es Stimmung in der Bude geben", seufzte ich schwer und schlief endlich ein.

Ein plötzliches Poltern ließ mich hochfahren. Ich musste mich besinnen. Ach ja, Karlheinz, schoss es durch meinen Kopf.

Da stand er auch schon in meiner Tür. „Irmi, ich bin abgeblitzt“, legte er los. „Nicht nur bei dir. Auch bei der Christine, diesem Luder. Ausgenommen hat sie mich. Mann, konnte die saufen! Beklaut hat sie mich, dieses Miststück! Schluss wollte ich machen! Doch da jagt sie mir gleich drei Ganoven auf den Hals, solche Schränke!“, zeigte Karlheinz. „Feuer hat sie mir unters Bett gelegt, dieses Luder! Mann, hab ich ’ne Wut. Und was ist jetzt? ...“

„Jetzt musst du erst einmal richtig ausschlafen“, empfahl ich und sprang aus dem Bett. Ich griff nach seinem Arm und zog ihn sanft in das Schlafzimmer. Willig kroch er unter die Zudecke. Dabei sagte er noch: „Du bist ein Schatz. Irmi, du hast es geschafft. Aber ich lebe mit den Schweinen. Wie der verlorene Sohn. Was meinst du, ob mich Jesus von den Trögen wegholt? Dann mach’ ich mein Leben fest. Ganz fest mit ihm“, murmelte er müde und kraftlos und schlief ein.

Heute ist Nikolaustag.
Fünf Tage schon weilt Karlheinz bei mir. Sein Dasein ist für mich eine große Herausforderung.

Er schlief bis mittags, vergammelte die Zeit und sah keine Arbeit. Bis spät in die Nacht wollte er von mir unterhalten sein.

Kaum dass ich im Bett war, rief Karlheinz durch die Schrankwand, die die Trennwand zwischen beiden Räumen bildet: „Irmi, sing ein Lied! Ein hübsches!“

„Muss das sein? Ich bin müde“, entgegnete ich laut und sang doch. „Abend ward, bald kommt die Nacht ...“ Kaum hatte ich zu Ende gesungen, rief Karlheinz erneut: „Irmi, noch ein Lied! Ein einziges noch! Bitte!“

„Nun reicht es aber!“, schnauzte ich zurück. „Du bist doch kein kleines Kind mehr! Und ich nicht deine Amme!“

Es war einen Augenblick still. „Irmi! Du bist vielleicht naiv“, meldete sich Karlheinz wieder. „Meinst du denn, mir hat eine Amme im Kinderheim ein Lied gesungen? Oder im Jugendwerkhof? Und im Knast, da wurden wir nur angeschnauzt. Außer am Heiligen Abend. Da haben sie mal für ein paar Stunden Engelszungen gehabt!“

„Ach, Karlheinz, wenn du Lieder magst, dann singe doch alleine!“

„Ja, was für welche denn? Sauflieder vielleicht? Kann ich nicht leiden! Und fromme muss ich erst noch welche lernen.“

Seine Worte trafen mein Herz. Sie verschlugen mir die Sprache. Ich musste mich erst fangen, bevor ich leise, ganz leise ein neues Lied anstimmen konnte: „Jeden Abend bete ich. Herr, vergib mir meine Schuld! Und ich lade meine

Lasten ab in Gottes Lieb und Huld …“ Ich sang alle neun Verse. Seitdem singe ich für Karlheinz Advents-, Glaubens-, Bekenntnis- und Abendlieder. Ich singe so lange bis er einschläft.

Heute, am Nikolaustag, kam ich ein wenig früher von der Arbeit nach Hause. Ich fühlte mich müde und erschöpft.

„Wo bleibst du nur? Irmi, du kannst mich doch nicht den ganzen Tag alleine lassen“, sagte Karlheinz und half mir aus dem Mantel.

„Nun, einer muss ja das Geld verdienen“, entgegnete ich kurz angebunden und setzte meinen Hut ab.

„Ich hab den Keller aufgeräumt. Das war vielleicht eine Wirtschaft“, erzählte Karlheinz. Er griff nach meiner Hand und ging mit mir nach unten. „Du wirst Augen machen.“

Tatsächlich, ich war überrascht. Die Räume waren nicht wieder zu erkennen. Sogar die Holzstämme hatte er zersägt und geschichtet.

Karlheinz sah mich erwartungsvoll an. „Nun, da staunst du, was?“

Ich nickte. „Danke, es war wirklich nötig. Ich muss schon sagen …“

„Und morgen bringe ich dein Fahrrad in Ordnung. Es hat einen Platten. So faul, wie du denkst, bin ich auch nicht“, sagte er, während wir wieder nach oben gingen.

„Was hast du denn zu Mittag gegessen?“, erkundigte ich mich.

„Bratkartoffeln, Spiegeleier und Gurken. Aber der Kühlschrank ist wie ausgefegt, kaum noch was drin."

„Dann kannst du ja morgen einkaufen gehen", schlug ich vor.

„Ich? Wieso ich? Nie und nimmer!", protestierte Karlheinz. „Ich geh nicht in den Laden. Da kannst du dich auf den Kopf stellen. Und wie komme ich an den Buddeln vorbei?"

Ja, daran hatte ich nicht gedacht, nicht im Geringsten. Ich biss mir auf die Unterlippe und seufzte. Unendlich weit war ich von den Problemen eines rückfälligen Alkoholikers entfernt. Unsicher und ratlos kam ich mir vor. Was sollte ich sagen?

Wir gingen in das Wohnzimmer. Es war behaglich warm. Karlheinz hatte gut geheizt. Am Tisch blieb ich wie festgenagelt stehen. Ich war überrascht. Eine große Pyramide prangte vor meinen Augen. „Wo kommt denn die her?", fragte ich erstaunt.

Karlheinz machte ein verschmitztes Gesicht.

„Gefällt sie dir? Die hab ich doch mitgebracht und fast vergessen", sagte er.

„Die ist ja prachtvoll! Eigentlich wollte ich schon immer eine für die Enkelkinder kaufen. Aber die Dinger sind ja so teuer ..."

„Die nicht, Irmi. Die hab ich selbst gemacht. Fast ein ganzes Jahr hab ich daran rumgebastelt. Das war vielleicht eine pusselige Arbeit! Aber was stehst du rum? Mach schon, wir brauchen Kerzen."

„Kerzen?", fragte ich und war ein wenig aus der Fassung geraten. Die Pyramide, so ein Wunderwerk, kaum zu glauben. Das hätte ich Karlheinz nicht zugetraut. Für mich hatte er zwei linke Hände. Und nun das? Erstaunlich! „Mein Gott, du hast Sachen drauf, Karlheinz", sagte ich. „Wer soll das aushalten?"

„Ich nicht", meinte Karlheinz. „Was ist, hast du nun Kerzen oder nicht?"

Fragend und erwartungsvoll sah er mich an.

Ich musste überlegen. Doch dann fiel es mir ein. Ich stieg auf einen Stuhl und holte aus dem obersten Schrankfach eine kleine Packung. Ich reichte sie Karlheinz hin.

„Sind das alle? Wieso hast du nicht mehr davon?", fragte er ungehalten.

Vorsichtig setzte er die brennenden Kerzen in die Kelche. Das Flügelrad begann sich zu drehen. Erst ganz langsam, dann immer schneller.

„Nun sieh doch nur, wie hübsch sie sich dreht", sagte Karlheinz. Er rückte näher an mich heran und ich konnte sehen: sein Gesicht war sanft, und in seinen Augen stand ein Leuchten wie das eines Kindes.

Ich deckte inzwischen den Tisch mit weihnachtlichem Naschwerk und stellte die Kaffeekanne daneben. Das Zimmer war erfüllt mit allerlei Düften. Echte Vorweihnachtsstimmung war eingekehrt.

Wir nahmen Platz. Ich griff die Hände von Karlheinz und stimmte an: „Segne, Herr, was deine Hand uns in Gnaden zugewandt …“ Beim Amen fiel Karlheinz ein.

„Noch einmal“, bat er und sang mit.

Endlich war Frieden in unsere unruhigen Herzen und Gedanken eingekehrt. Auch ein wenig Glück und ein wenig Ruhe, wie gut das tat. Ich atmete erleichtert auf und schenkte Kaffee ein.

Karlheinz sagte: „Irmi, die Pyramide ist aber nicht nur für dich. Auch deine Enkel sollen sich daran freuen.“ Er begann zu erzählen. Von seinem Uwe. „Neun Jahre ist er schon. Ich darf ihn nicht sehen. Nur zahlen darf ich. Uwe weiß nicht, dass ich existiere. Manchmal verstecke ich mich und beobachte ihn. Veronika wollte ich abmurksen. Nur gut, dass endlich die Hassgefühle weg sind. Aber manchmal zerreißt es mir fast das Herz, Irmi …“

Karlheinz sprach und sprach. Vieles, was sich in seinem Inneren angestaut hatte, kam ans Licht. Unsagbares Leid und tiefer Schmerz, meist durch Leichtsinn selbst verschuldet. Er sprach offen, ehrlich und ungeschminkt. Und ich saß dabei und hörte das alles. Auf dem Gesicht von Karlheinz, diesem blassen, verlebten Gesicht, das mit einigen Schmissen gezeichnet war, zeigte sich eine gelöste Entspannung. Da gab es für mich nicht viel zu sagen und auch nicht viel zu fragen. Nur eine wehmütige Rührung bewegte mein Innerstes, und ich ließ meine Hand auf seiner ruhen.

Ein kleiner Tannenzweig fing Feuer und knisterte. Karlheinz zerdrückte die Flamme. Stille trat ein. Schließlich fragte ich: „Was meinst du, ob wir beide noch ein Lied singen?"

Karlheinz sprang auf. Er holte das Gesangbuch. „Aber eins, das ich auch kenne", sagte er. Er blätterte die Seiten um und suchte lange. Endlich hatte er ein Lied gefunden, das er kannte. Wir sangen gerade: „... Ach bleib mit deinem Segen bei uns, du reicher Herr ...", als ich drei Kindergesichter draußen hinter dem Fenster gewahrte. Sie hatten die Nasen gegen die Scheiben gedrückt und riefen laut: „Omi! Omi! Bitte, mach auf!"

Ich sprang auf und öffnete die Wohnungstür. Hals über Kopf stürzten die Enkel in das Zimmer. Ein Riesenspektakel setzte ein. Aber dann standen sie um den Tisch und schauten verblüfft. „Oh, eine Pyramide! Und so eine große! Und wie die Könige rennen, die Heiligen. Wie die Verrückten. Und das Jesuskind ist ja so niedlich klein", riefen meine Enkel durcheinander. Und ein maßloses Staunen lag auf ihren Gesichtern.

Omi hin und Onkel Karl her, so ging es eine ganze Weile. Das Wunder der Pyramide wurde bestaunt.

Karlheinz sagte: „Die Pyramide hat der hl. Nikolaus heute für euch gebracht." – „Ja, Advent, Advent! Der Nikolaus brennt!", tönte mein ältester Enkelsohn Hagen und feixte über das ganze Gesicht. „Ja, aus dem Erzgebirge. Und der Nikolaus warst du, Onkel Karl“, meinte Andreas, und Claudia fragte: „Hat er noch mehr gebracht?“

„Ja, im Windfang liegen noch drei kleine Päckchen“, sagte ich.

Die Stimmung war vollkommen. Meine Enkelsöhne surrten mit ihren Match-Box-Autos über den Parkettfußboden und Claudia wirtschaftete mit ihrem Püppchen, das in einem gehäkelten Körbchen lag.

Meine Enkel waren zu jedem Neck aufgelegt, und Onkel Karl machte allen Spaß mit. Er sprach dabei zärtlich und innig auf sie ein.

Die Freudenzeit verging viel zu schnell. Wir rüsteten zum Aufbruch und begleiteten meine Enkel nach Hause. Unterwegs sangen sie viele Adventslieder. Und ein ganz anderer war Karlheinz, gelöst und nicht wieder zu erkennen. Immer wieder strich er mit der Hand über den schwarzen Bubikopf von meiner Enkelin Claudia.

Nach dem Abschiednehmen ging ich mit Karlheinz einkaufen. Karlheinz wünschte sich jede Menge Fleisch und ich schwärmte für Obst und Gemüse. Er reichte mir seine Geldbörse. Ich warf einen Blick hinein und war zufrieden. Soll er doch sein Fleisch haben, dachte ich und betrat mit ihm den Laden für „Wild und Geflügel“.

Unterwegs trafen wir eine gute Bekannte von der Baptisten-Gemeinde. Sie blieb stehen, grüßte und musterte Karlheinz. „Und Sie, wer sind Sie denn?“, fragte sie. Die Neugier stand ihr im Gesicht.

Karlheinz legte seinen Arm um mich. „Ich“, sagte er langgezogen, „ich bin Irmis Freund.“ Er gab mir einen Kuss auf die Stirn.

„Sooo?“, staunte meine Bekannte und bekam den Mund nicht zu. Ein wenig verwirrt sagte sie: „Dann des Herrn Segen, auch Ihnen, junger Mann.“ Hastig ging sie davon.

Karlheinz eilte in das Seifengeschäft. Mit sechs Packungen Pyramidenkerzen kam er wieder. „Musst du immer übertreiben?“, fragte ich. „Hast du etwas dagegen?“, erkundigte er sich.

Es ist heute Donnerstag, der 15. Dezember, und mein freier Tag. Karlheinz wird zunehmend nervöser. Er schnauzt mich an, pocht auf sein Recht und sucht allerlei Gründe für Zank und Streit. Es ist kaum noch mit ihm auszuhalten. Unruhig und lauernd hastet er durch die Räume, knallt mit den Türen und startet laufend Angriffe gegen mich.

Gestern stand er mit einer Rotweinflasche vor mir. Er war außer sich vor Wut. „Kannst du die Buddel nicht besser verstecken?“, ranzte er mich an. „Oder selber aussaufen? Was denkst du dir eigentlich? Verdammt noch mal! Du machst mich noch verrückt!", schnaubte Karlheinz mich an, und seine Hände zitterten. Er setzte zum Trunk an. „Prost! Es lebe das Feuerwasser!"

Ich riss ihm die Flasche aus der Hand, sprang zum Ausguss und schüttete den Inhalt hinein.

Karlheinz griff mich an. Er gab mir einen Schups. Gewaltsam wollte er mir die Flasche entreißen. „Einen Schluck, Irmi! Einen einzigen!", brach es aus ihm heraus. Doch da war es schon zu spät. Er sackte in sich zusammen und stöhnte auf: „Nichts gönnst du mir. Nichts. Nicht einmal diese kleine Freude."

O Gott, wer soll das aushalten? Ich schaffe es nicht. Und Wilhelmshof, wo man ihm helfen könnte, ist so weit. „Irmi, lass mich nicht fallen." – Aber ich hab Angst. – „Ich will nicht in den Knast. Wie schnell kann was passieren, wenn ich besoffen bin. Verstehst du das?", fragte Karlheinz.

Ja, ich verstand ihn ein wenig. Sein Leben war schwankend wie ein Zweig im Wind und voller Widersprüche. Von den Christen fühlte er sich nicht angenommen. Und im Kreise der Ganoven war er dem Verderben nahe. Ich überlegte, wie ich Karlheinz am besten helfen könnte. Bis zum 13. Januar, an dem er nach Wilhelmshof konnte, waren es noch fast vier Wochen. So lange konnte er aber nicht bei mir bleiben. Er musste nach Hause. Aber wie? Ich wusste, kaum ist er draußen, lässt er sich volllaufen. Ich überlegte hin und her. Da kam mir endlich ein Gedanke.

Ich stand leise auf und schlich in die Diele. An der Garderobe hing von Karlheinz die taubenblaue exquisite Kutte. Mit angehaltenem Atem untersuchte ich die Taschen. Ich griff nach der Geldbörse und sah nach. Tatsächlich, es war viel zu viel Geld darin. Mit klopfendem Herzen nahm ich den Hundertmarkschein heraus.

Als ich wieder ins Wohnzimmer trat, hob Karlheinz den Kopf. Mit einem traurigen Blick sah er mich an, als er sagte: „Irmi, ich weiß ja. Ich falle dir auf den Wecker. Aber was soll ich machen? Wie komme ich nach Hause? Wenn bloß nicht die verflixten Buddeln …"

„Und wenn ich dich in den Zug setze?", fragte ich.

„Irmi, das würdest du für mich tun? Wirklich?", fragte Karlheinz.

„Warum nicht?", sagte ich und holte das Kursbuch. Ich reichte es ihm hin. Er sollte die Abfahrt selbst bestimmen.

Karlheinz studierte ausgiebig den Fahrplan. Er sah auf die Uhr. „In knapp zwei Stunden fährt ein Zug direkt bis nach Aue. Was meinst du, ob ich den nehme? Oder soll ich erst morgen fahren?" Er sah mich mit seinen blauen Augen groß an.

„Morgen, das geht nicht. Da muss ich wieder arbeiten", entgegnete ich.

„Ach ja, schade", seufzte Karlheinz. Er stand lässig auf und kratzte sich am Hinterkopf. „Es nützt nichts. Dann werd ich mal meine Klamotten zusammensuchen", meinte er. Unlustig warf er seine Sachen durcheinander. „Irmi, nun hilf mir doch mal", bat er.

„Lass dir Zeit. Ich schreibe inzwischen einen Gruß an deine Mutti", sagte ich und nahm meine Schreibmappe zur Hand.

Ich setzte mich an den Tisch und schrieb seiner Mutter einen kurzen Bericht. Ich legte den Hundertmarkschein bei und klebte den Umschlag zu. „Hier nimm und vergiss nicht den Brief abzugeben. Sie wird sich bestimmt freuen."

„Keine Bange. Mein Gedächtnis hab ich zum Glück noch nicht ganz versoffen", fauchte Karlheinz mich an und steckte den Brief ein. Wir zogen unsere Oberkleidung an und verließen das Haus. „Es war hübsch bei dir, Irmi. Du bist schon ein tolles Weib!", sagte Karlheinz und redete unterwegs ununterbrochen. Seine Schritte wurden dabei immer schneller. Er lief bei Rot über die Kreuzung und hastete die Treppe zur S-Bahn in vollem Tempo hinauf.

„Renne nicht so", bat ich. „Wir haben noch genug Zeit!"

Nach zwei Stationen stiegen wir aus. In der Bahnhofshalle gab es ein großes Gedränge. Karlheinz eilte mit Riesenschritten auf den Kiosk zu. Doch der war zum Glück geschlossen.

„Das gibt's doch nicht!", brach es aus Karlheinz heraus. Er schlug mit der Hand gegen den Fensterrahmen. „Zum Teufel noch mal! Dicht, alles dicht! Und jetzt – was ist jetzt?", fragte er mit verzerrtem Gesicht. „Nicht eine Buddel! In die Luft müsste man diese Bude jagen! Das ist nun ein Service! Dein Scheißberlin!", tobte Karlheinz und trat mit dem Fuß gegen die Eingangstür.

Reisende blieben stehen und schüttelten über uns die Köpfe.

Plötzlich hatte Karlheinz die Geldbörse in der Hand. Ich erschrak. Mir stockte der Atem. Mit zitternden Händen nahm er Hartgeld heraus. „Hoffentlich gibt es wenigstens Zigaretten", sagte er und rannte zum Automaten. Er hatte Glück. Hastig riss er die Schachtel auf. Sein Gesicht war voller Anspannung, als die Kabinett endlich brannte. „Wenigstens etwas", sagte er.

„Das ist ein Nichtraucher-Bahnhof", machte ich aufmerksam.

„So'n Mist! Auch das noch!", schimpfte Karlheinz. „Und was nun?"

„Geh doch nach draußen", schlug ich vor. „Ich kaufe dir inzwischen die Fahrkarte. Falls es dir recht ist?"

„Mensch, Irmi. Das ist wenigstens ein Gedanke", sagte Karlheinz. Schnell gab er mir die Geldbörse und verschwand. Ich eilte zum Schalter. Vor mir standen ein paar Fahrgäste Schlange. Ich wartete ungeduldig. Endlich war ich dran. „Nach Aue", sagte ich und bezahlte. Es blieben nur noch knapp fünf Mark übrig.

Karlheinz stand wieder neben mir. Ich reichte ihm die Fahrkarte und die Geldbörse. „Du bist wirklich ein Kumpel“, sagte er. Und ich dachte: Wenn du wüsstest. In ein oder zwei Stunden, spätestens in Leipzig, na, wer weiß, was ich dann bin? –

Auf dem Bahnsteig blies ein kalter Wind. Der Zug fuhr ein.

Wir nahmen Abschied. Karlheinz ergriff meine Hände. Er sagte: „Hab Dank, mein Liebes. Erhol dich. Gesegnete Tage wünsch’ ich dir. Servus, mach’s gut, Irmi.“ Er gab mir einen Kuss und stieg ein.

Sekunden später ertönte ein schriller Pfiff. Der Zug fuhr an. Ich hob den Arm und winkte Karlheinz zu. „Vertraue Gott! Er hat dich lieb!“, rief ich noch.

Dann war alles vorbei. Langsam trat ich den Heimweg an. Dabei murmelte ich leise vor mich hin: „Ach, mein Heiland. Das war fast zu viel an Abwechslung.“

Gebet

Herr, ich wollte aufrichten
und bin selbst gefallen.
Herr, ich wollte reden
und bin verstummt.
Herr, ich wollte trösten
und bin selbst mutlos.
Herr, schenke, dass ich
wieder aufrichten,
reden und
trösten kann.
Amen!

Von Zeit und Stunde

„Na endlich, Günter! Ich dachte schon, es wäre was passiert, gleich halb sechs“, sagte Elfriede Döring, als sie die Tür öffnete. „Pünktlich Feierabend ist wohl jetzt nicht mehr drin?“

Im Flur stand ihr Mann, vollkommen durchnässt. Blass und müde sah er aus. Sie gab ihm einen Kuss und half ihm aus dem Mantel. Dabei überschüttete sie ihn mit Vorwürfen, die er schon von ihr kannte, und die ihm gefehlt hätten, wenn sie ausgeblieben wären. „Hast schon wieder mal den Schirm vergessen. Ein Sturm ist das heute! Und wie deine Schuhe aussehen!“

Döring musste niesen. Seine Frau fuhr zusammen. Sie warf die Arme durch die Luft. „Da haben wir‘s! Hoffentlich hast du dir nicht noch eine Erkältung weggeholt? Am bestens wird sein, ich mach dir was Heißes zum Trinken“, sagte sie und eilte in die Küche. Die Tür ließ sie einen Spalt offen. So konnte sie ab und zu einen Blick auf ihren Mann werfen. Der ließ sich erschöpft in den Sessel fallen. Schon lange hatte er sich nicht so kaputt gefühlt wie heute. Doch das kam nicht nur von der Arbeit. Er war bedient und zwar gründlich. Döring rieb sich die Müdigkeit aus dem Gesicht.

Seine Frau trat ein. Liebevoll servierte sie ihm den Tee. „So, nun trink erst mal was. Du hast ja ganz blaue Lippen“, sagte sie besorgt und nickte ihm zu. Ihre Fürsorge heute ging ihm auf die Nerven. Was ihn wirklich bewegte, wusste sie ja doch nicht. Im Allgemeinen sprach er nicht viel über seine Arbeit, obwohl seine Frau ihn oft danach gefragt hatte. Jetzt allerdings hätte er gern darüber gesprochen, aber ihm war die Kehle wie zugeschnürt. Mit zitternder Hand versuchte er den oberen Kragenknopf zu öffnen. Er trank einen Schluck. Der Tee tat ihm gut.

Seine Frau beobachtete ihn besorgt. Sie nahm ihren Handarbeitskorb und begann zu stricken, zwei Rechts, zwei Links. Möchte nur wissen, wer ihn schon wieder gekratzt hat?, dachte sie. Denn dass da mit ihm was nicht stimmte, merkte sie gleich. Schließlich waren sie ja auch schon lange genug miteinander verheiratet.

Döring saß zurückgelehnt im Sessel, die Zeitung vor sich. Er blätterte uninteressiert in ihr herum. Doch plötzlich rückte er die Brille zurecht, blies durch die Zähne und schlug mit der Faust auf den Tisch. „Hat man Worte! Das gibt‘s doch nicht!“

Elfriede zuckte zusammen. Eine Stricknadel glitt ihr aus der Hand. Überrascht sah sie ihren Mann an.

„Weißt du, was hier steht?“, ereiferte er sich. „Von unserem Kabelwerk wollen sie schon wieder was wegrationalisieren. Weißt du, was das heißt? Wieder liegen ein paar gute Fachkräfte auf der Straße. Kumpel, mit denen man viele Jahre durch dick und dünn gegangen ist. Aber danach fragt ja heute keiner. Die Hauptsache Profit. So hab‘ ich mir die Einheit nicht vorgestellt“, schimpfte Döring. „Eine seelenlose Gesellschaft sind wir geworden. Einer fällt über den anderen her. Und wenn du was sagst, dann kriegst du zu hören: ‚Lass mal gut sein, Opa, ist nicht dein Bier. Wenn es dir nicht passt, kannst ja in den Vorruhestand gehen.‘ Weißt du, wer das gesagt hat? Der Mertel, dieser neue Spunt. Gerade mal in den Betrieb reingerochen hat er. Was spielt er sich auf wie ein halber Gott? Wären sie mal lieber ein ganzer Mensch!“

Döring hielt es nicht länger in seinem Sessel aus. Die Fäuste in die Hosen vergraben durchschritt er das Zimmer, fünf Schritte hin, fünf zurück. „Und dass du es weißt, Elfriede“, sagte er, „klar, muss Modernisierung sein. Aber die Art, wie es gemacht wird, schreit zum Himmel. Für mich zählt in erster Linie der Mensch. Dazu gehören eben auch ein paar ehrliche Gedanken. Kann der Mertel nicht mit uns reden? Muss man so was aus der Zeitung erfahren? Und überhaupt, was hat ein Arbeiter noch zu sagen? Von Kritik ganz zu schweigen.“

Doch plötzlich pflanzte sich Döring vor seiner Frau auf, den Bauch vorgestreckt und den Blick auf sie gerichtet. Möchte bloß wissen, wo sie so viel Ruhe hernimmt? Die hat vielleicht ein Gemüt! Strickt, als wenn die Zeit stehen geblieben ist. Dann sagte er: „Guck mich doch mal an, Elfriede."

Sie hob den Blick und blies eine Locke aus dem Gesicht. „Nun, was hast du denn?", fragte sie erwartungsvoll.

„Aber ehrlich, Elfriede. Was ist, bin ich ein oller Opa, ein abgewrackter, ja oder nein?", fragte er.

Sie sah ihren Mann erstaunt an. Ziemlich verdattert meinte sie: „Du stellst vielleicht Fragen, Günter. Klar bist du ein Opa. Hier, der halb fertige Kinderpullover ist der Beweis dafür. Oder willst du unsere sieben Enkel verleugnen", fragte sie lebhaft.

Döring blähte sich auf. „Püch, doch nicht so ein Opa", sagte er trotzig und warf sich in den Sessel zurück. Dabei knurrte er: „Du kapierst wieder mal nur die Hälfte."

„Wie sollte ich auch? Du erzählst ja neuerdings kaum was", sagte Elfriede Döring und strich zärtlich über seine Hand. Das war eine Pranke! Die konnte zupacken, wenn es darauf ankam.

Dann war es still. Eine ganze Weile schwiegen beide. Nur die Stricknadeln klapperten im monotonen Gleichklang.

Döring hatte den Kopf weit in den Sessel zurückgelehnt. Er war ruhiger geworden, aber noch nicht fertig. Er sprach sich einiges von der

Seele. Erst noch verhalten, stockend, aber er sprach. Und mit jedem Wort, das er sagte, wurde ihm leichter.

Und seine Frau saß dabei und hörte ihm schweigend zu. Das tat gut, konnte befreien. „... Ich will ja nichts gesagt haben. Aber sieht so die Arbeit mit dem Menschen aus? Opa, wenn ich nur daran denke. Als ob wir Älteren schon verkalkt wären. Elfriede, das tut weh, sich auf die Zunge beißen. Heucheln kann ich nicht, Wahrheit bleibt Wahrheit! Das weißt du. Und immer die Angst im Nacken, wenn du was sagst, dann fliegst du. Das ist heute fast schlimmer als früher. Aber ein Arschkriecher werde ich nicht", sagte Döring und fuhr fort: „Na ja, den Karren aus dem Dreck ziehen, das konnte man. Dafür war man gut genug, viele Jahre lang. Das unsereins am Betrieb hängt, so was zählt heute nicht mehr. Deine Erfahrungen sind nicht gefragt. Abgestempelt wird man zum Opa. Wenn man gut ist, klopft man dir wie einem alten Gaul auf die Schulter und sagt: ‚Na Döring, wird es nicht bald Zeit, dass Sie sich zur Ruhe setzen?' Mit Sie hat mich der Mertel angesprochen. Und ein geheucheltes Lächeln aufgesetzt. So ist das, meine Liebe, und nicht anders. Na ja, der Mertel. Ein arroganter Gockel ist der. Zum Glück sind nicht alle so."

Döring hatte sich warm geredet. Eine Weile sagte er nichts. Zwei Gesichter sahen nachdenklich aus und waren nicht nur Fassaden. Da trat etwas heraus, was sich schon eine ganze Weile dahinter verbarg, Fragen und Zweifel und ein Stoßseufzer von Elfriede.

„Nimm doch die Sache nicht so tragisch, Günter. Sicherlich hat es Mertel nicht so gemeint. Für den heruntergekommenen Betrieb gerade stehen, ist für ihn bestimmt nicht leicht ..."

„Jaja, nicht leicht", ereiferte sich Döring. „Alles geht nach der Marktwirtschaftlichkeit. Das Leistungsprinzip zählt, moderne Technik ist gefragt. Für zwischenmenschliche Beziehungen ist keine Zeit mehr, kaum noch für die Mittagspause. Elfriede, da ist doch was faul. Den Mertel hättest du sehen sollen. Ausgerastet war er, als ich ihm das gesagt habe. Am liebsten hätte er mich als Linken abgestempelt. Nur, weil ich vom Arbeitsrecht sprach."

Elfriede musste schmunzeln. Ihr Mann ein Linker? Warum nicht? Immer noch besser als ein Rechter, musste sie denken. Aber auf die Zunge beißen war nicht seine Art. Und wenn sie recht überlegte, ganz Unrecht hatte er wohl nicht. Aber irgendwie war sie innerlich doch beunruhigt. Das war ihr Alter. Oh, dachte sie, lass ihn das nur nicht spüren. Er springt dir womöglich an die Kehle, wie er so dasaß, trotzig wie ein vergnatztes Kind. Sie legte das Strickzeug beiseite und rückte näher an ihn heran. „Du oller Brummbär, du", schmeichelte sie und griff in sein Haar. „Schon wieder fettig", stellte sie fest. Dann sagte sie noch: „Ach Günter, musst du dich dem allen denn noch aussetzen? Hast du noch nicht genug gearbeitet? Ist denn der Betrieb alles? Wozu der ganze Stress in unserem Alter? Ich könnte mir das mit dir auch bedeutend schöner vorstellen. Morgens länger schlafen, gemeinsam frühstücken, das wäre doch was. Ja, mein Lieber, überleg doch mal. Wann schon haben wir das letzte Mal gemeinsam was unternommen? Jahre ist das her …"

„Was, Jahre? Wirklich, Elfriede? Das ist mir gar nicht aufgefallen. Aber du kannst ja von mir denken was du willst. Menschenkenntnis hat der Mertel nicht. Was weiß der schon, was in einem vorgeht. Der sollte darüber mal nachdenken, stimmt's, Elfriede?"

„Ja, und du, Günter, auch. Über das, was ich dir eben gesagt hab. Ach, das könnte so schön sein. Wenn wir beide zusammen mit unseren Enkeln endlich mal in den Zoo oder in den Tierpark fahren würden.

Die letzten Jahre mit dir, Günter, möchte ich schon noch was anderes erleben, als immer nur Arbeit und Probleme. Einen schönen Wanderurlaub zum Beispiel. Und im Konzert waren wir auch schon ewig und drei Tage nicht, und dabei waren wir früher oft ausgegangen. Günter, weißt du noch?"

„Na ja, Elfriede, vielleicht hast du Recht", sagte Döring und nahm ihre Hand. Dann rückte er sich im Sessel zurecht und meinte: „Ach, Elfriede, wenn ich dich nicht hätte. Und manchmal hast du doch ganz passable Gedanken und Einfälle. Nicht wahr, du hast es nicht leicht gehabt in letzter Zeit mit deinem Günter, was?"

„Mein Gott, mir kommen gleich die Tränen", sagte sie und stand auf. „Ich werd uns mal was zum Abendbrot machen. Schöne Putenkeulen gibt's heute und Reisauflauf."

Während sie herumwirtschaftete, dachte sie noch: Es ist doch gut, wenn man miteinander spricht. Sollte man viel mehr tun. Endlich war es raus, was schon wochenlang drinnen im Herzen war, bei ihm und auch bei mir. Und das bringt uns weiter.

Von wegen, ein bunter Vogel

Ich kam vom Wochenmarkt. Da ereilte mich ein großes Missgeschick. Ich, die schwergewichtige Mienchen, rutschte aus, trat an der Bordkante fehl und fiel lang hin. Dabei kullerten fast alle meine gekauften Äpfel aus dem Einkaufsnetz … Oh Schmerz lass nach, konnte ich nur denken, als ich mich langsam wieder aufrappelte …

Mit einem Stoßseufzer zum lieben Gott hinauf, der mich nun fallen ließ, humpelte ich auf einen Baumstumpf in meiner Nähe zu und setzte mich darauf. Mein rechter Fuß schmerzte, und mir war, als müsste ich jeden Augenblick in Ohnmacht fallen. Ich schnappte nach Luft wie ein Karpfen und sah mich verzweifelt nach einem barmherzigen Samariter um.

Ja, und da kam er auch schon, so ein Senior de la Chick, anspaziert und wedelte dabei mit seinem Spazierstock herum …

Ich stöhnte und seufzte ihn an. „Ach bitte, könnten Sie mir vielleicht helfen? Ich glaub, ich hab mir den Fuß gebrochen. Und ich weiß mir keinen Rat. Wenn nur nicht der stechende Schmerz wäre."

Der ältere Herr stand vor mir, musterte mich über seine Nickelbrille, rümpfte die Nase und meinte dann: „Das hat man nun davon, wenn man so viel Fett mit sich herumschleppt. Und das alles sollen Ihre Füße nun tragen …“ Dann gab er mir noch einige ernährungswissenschaftliche Ratschläge und meinte zum Schluss: „Am besten, Sie ziehen den Schuh aus und legen das Bein hoch“, nickte mir zu und stolzierte, ohne sich noch mal umzusehen, davon.

Der zweite Herr, den ich ansprach, war ein Postler. Er hielt mit seinem hellen Auto schräg vor mir. Auf meinem Zuruf kam er näher. Ein flachgesichtiges Wesen ohne menschliche Züge stand da vor mir. Als sich unsere Blicke trafen und er mein Missgeschick inspiziert hatte, erklärte er mir sachlich und korrekt mit einem sächsischen Akzent: „Die Vorschriften der Deutschen Bundespost lassen laut Paragraph soundso das Transportieren von Nicht-Postlern, auch wenn es sich um einen Unfall oder Notfall handelt, nicht zu. Außerdem, meine Dame, ist für mich Zeit Geld. Ja, und das will verdient sein“, erklärte er, sprang ins Auto und knallte die Tür zu.

Die nächste Person war eine junge Frau mit einer hübschen Fassade, langer blonder Mähne und einem kurzen Lederrock. Sie trippelte auf ihren Stöckelabsätzen hastig an mir vorbei und reagierte erst gar nicht auf meine Anrede. Völlig verzweifelt über so viel „Mitmenschlichkeit“ saß ich nun da, ich, die kugelrunde Mienchen, und konnte nur noch seufzen: „Ach, ich armes gottverlassenes Weib, gibt es denn keine Seele, die sich meiner erbarmt?“ Dabei war ich vor Selbstmitleid total am Boden und fing an zu heulen …

Da sauste plötzlich von der Seite kommend ein junger Mann auf mich zu. Er bremste scharf und stand frontal vor mir. Oh Gott! Was für ein bunter Vogel! Lila Hahnekamm und die Seiten geschoren. Seine Ohren waren mit vielen Ringen gepierct und auch sonst hing an ihm allerhand Klimbim herum. Mit einem aufgewecktem Gesicht und lebhaften Augen, die mich anblitzten, sah er mich an, als er sagte: „Ehm, Omi, was haste denn? Nun heul mal nich so! Du siehst ja richtig blass um deine Nase aus. Kipp mir bloß nich aus die Latschen. Wat is, kann ick dir irjendwie uff die Sprünge helfen?“

„Ja, schön wär’s, mein Jungchen. Aber auf die Sprünge helfen ist nicht drin“, sagte ich und wies auf meinen rechten Fuß, der schon bis zum Knöchel dick war. „Ich bin fehl getreten, es schmerzt sehr.“

„Allet keen Problem“, sagte der junge Mann, während er sein Fahrrad gegen einen Baum stellte ... Dann ging er vor mir in die Knie, löste vorsichtig die Schürsenkel und versuchte ganz langsam den Schuh von meinem Fuß zu kriegen. Dabei meinte er: „Beiß die Zähne zusammen, Omi. Der Schuh muss runter! Aber det kriegen wir schon hin, so, gleich haben wirs ... Na also, wer sagt es.“

„Danke, mein Jungchen, oh, tut das gut ...“

„Na ja, aber ganz schön angeschwollen ist dein Fuß“, meinte mein freundlicher Helfer. „Wenn da mal nich was jebrochen is? Ja, und was machen wir jetzt? Omi, wie wär‘s mit eener Spritztour zur Chirurgie, im zwölften Jang?“, lachte er und winkte schnell ab. „Na ja, Spaß beiseite. Und wat kann ick noch für Sie tun, Omi?“

„Ach, du willst mir wirklich helfen?“

„Klar, will ick! Det is doch Ehrensache“, sagte dieser nette bunte Vogel und seine Augen funkelten mich lausbübisch an.

„Das ist aber nett von dir, mein Jungchen“, lobte ich.

Dann sagte ich ihm die Adresse von meiner Wohnung und bat ihn meinen Mann zu holen … „Mit dem Auto soll er kommen. Das wird das Beste sein. Denn der Fuß muss ja geröntgt werden, ich muss ja zum Arzt …“

„Klar, wird jemacht! Allet keen Problem“, lachte der junge Mann und schnappte sich sein Fahrrad. Im Affentempo fuhr er davon. Kopfschüttelnd und ein wenig erleichtert sah ich ihm hinterher.

Eine halbe Stunde später war ich in der chirurgischen Abteilung gelandet. Zwei Mittelfußknochen waren gebrochen … Und als ich mich bei meinem liebenswerten Samariter bedanken wollte, winkte er nur ab und sagte: „Omi, det is doch nicht der Rede wert. Hab ick jern jemacht. Na dann, allet Jute ooch“, sagte er, klopfte seine derbe Hand auf meine Schulter, meinte noch: „Kopf hoch!“ und verschwand.

Mit dem Bibelvers:
liebe deinen Nächsten!
nimmt es heute mancher genauer
als mit der Frage:
Wer ist mein Nächster?

Arthur der Engel

Er wohnt schon seit vielen Jahren ganz in meiner Nähe und zwar eine Querstraße von unserem Reihenhaus entfernt. Inzwischen ist er Rentner geworden. Also Anfang sechzig, mittelgroß und an den Schläfen schon ziemlich ergraut. Mehr kann man von Arthurs Haaren nicht sehen, denn er trägt im Winter und im Sommer ein Hütchen. Und wie das so ist, wenn man in der gleichen Wohngegend lebt. Man kennt sich, wenn man nicht gerade ein sturer Bock ist.

Dann bleibe ich meistens stehen, grüße den Arthur freundlich und wechsle mit ihm ein paar Worte. Bevor ich dann weitergehe, sage ich meistens zum Abschied. „Nun, Arthur, dann bleiben Sie wenigstens weiterhin frisch und munter, und dem da oben erhalten. Auf Wiedersehen und Gott befohlen."

Arthur schmunzelt daraufhin immer ein wenig. Dann nickt er mir zu und stolziert davon. In seinen Hochwasserhosen ist sein Gang noch recht beweglich.

So ging das nun schon viele Jahre mit uns. Auch den vergangenen Sommer lang, bis in den Spätherbst hinein und Mitte November …

Aber seit einigen Wochen, da hat sich mit meinem freundlichen Wohngebiets-Nachbarn einiges geändert. Dauernd ist der alte Herr auf Achse und fast jeden Tag unterwegs. Schon am zeitigen Vormittag fährt er mit seinem Handwagen an meinem Küchenfenster vorbei. Schwer bepackt zieht der Alte den Handwagen hinter sich her …

Wo Arthur nur hingeht, fragte ich mich. Bei Wind und Wetter ist er jetzt dauernd unterwegs. Und ich nahm mir vor, ihn danach zu fragen, sobald ich ihn treffe.

Es dauerte gerade mal drei Tage, da begegneten wir uns. Und wie immer blieb auch er stehen. „Guten Morgen, Arthur“, grüßte ich freundlich. „Na, schon so zeitig auf Achse? Und dann auch noch so schwer bepackt?“, fragte ich und wies auf seinen Handwagen.

Arthur zog erst mal sein Taschentuch aus einer Kuttentasche und putzte sich die Nase. Dann hob er das Gesicht, musterte mich ein wenig und sagte endlich: „Na ja, Frau Barth, man tut was man kann. Und unsereiner kann halt noch. Denn für manche Leute ist das Leben ganz schön hart. Überhaupt jetzt auf der Straße. Und da dachte ich mir, machst es eben ein bisschen leichter“, sagte Arthur bescheiden.

Ich stand nun vor ihm und wusste nicht recht, was ich antworten sollte. Ziemlich verlegen und ein wenig betreten stand ich da. Aber Arthur hatte die Situation wieder mal im Griff. Er sah mich mit lebhaften Augen an und schmunzelte.

Dann durfte ich endlich, nach einem Zögern, einen Blick in seinen voll gepackten Handwagen werfen, der bis obenhin gefüllt war …

Wahrhaftig, darin befanden sich viele Thermosflaschen und Kannen mit heißem Tee und Kaffee. Auch Kuchen, jede Menge belegte Brötchen und Stullen waren darin. Ein großer Beutel voller Obst und mehrere Paare warme Socken und Handschuhe konnte ich entdecken. Das alles versetzte mich in Erstaunen. Deshalb sagte ich: „Aber Arthur, wir haben doch noch nicht Nikolaustag. Wo gehen Sie denn damit hin? Und wer eigentlich soll das alles kriegen?"

Über sein Gesicht huschte ein verschmitztes Lächeln. Dann verzog er den Mund und winkte ab, als er sagte: „Nee, nee, ein Nikolaus bin ich nun gerade mal nicht. Aber man macht sich ja auch so seine Gedanken. Über Gott und mehr noch über unsere kaputte Welt. Und wo ich damit hingehe? Na, wohin schon? In den Bahnhöfen, auf den Parkbänken und unter einigen Brücken habe ich damit genug Absatz. Überall da, wo eben Obdachlose zu Hause sind. Oder besser gesagt, nicht zu Hause sind", erklärte Arthur bescheiden und strich dabei seine weißgrauen Haare erneut unter sein kariertes Hütchen. Fest drückte er es in die Stirn. Ein gewisser Schelm saß in seinen Augen, als er mich ansah. Sieh an, dachte ich inzwischen. Der Arthur spielt sich auf wie ein Engel Gottes. Kümmert sich um

Hilfsbedürftige und Obdachlose. Wer macht das schon heutzutage? – Und dabei ist er doch gar nicht so fromm wie ich. Es war schon sehr erstaunlich für mich und auch ein wenig beschämend, was ich da erfuhr …

Und irgendwie, um mich zu rechtfertigen, sagte ich zu ihm. „Aber Arthur, wie machen Sie das bloß? Sie haben es als Rentner doch auch nicht so dicke. Denn das alles hier in ihrem Handwagen fällt doch nicht vom Himmel und kostet bestimmt einiges."

Arthur blickte mich munter an und lachte: „Nee, nee, vom Himmel fällt es bestimmt nicht, Frau Barth. Aber wo ein Wille ist, da finden sich viele Möglichkeiten. Man muss nur wollen. Manches von dem Zeug hier hole ich von der Suppenküche. Und die Heilsarmee ist nicht geizig. Ja, und von den Kaufhäusern kriege ich ab und zu mal 'ne Spende", erzählte Arthur mit lebhafter Gebärde und fügte noch hinzu: „Na ja, Frau Barth, Ihnen kann ich es ja verraten. Und 80 Mark zweige ich jeden Monat von meiner Rente ab. Denn der Winter steht vor der Tür und kommt bestimmt. Und da brauchen meine Leute warme Socken und Handschuhe, nicht wahr?", meinte er zu mir und ergänzte: „Aber wissen Sie was, Frau Barth. Ich hab Hunger und Kälte als Kriegskind selbst erlebt, und ich weiß, was Armut ist. Aber leider leben wir jetzt in einer geldkalten Zeit. Jeder denkt nur an sich und seine Vorteile."

Und er deckte die Gaben mit einer Serviette sorgfältig zu … Dabei sagte er: „Nun, ich werd mich mal auf den Weg machen. Denn meine Jungs warten bestimmt schon auf mich. Ganz nette Knaben sind dabei und sie mögen mich. Ja, und ich sie auch. Bis auf einige, die zu viel saufen. Da hat man Schererein. Aber sonst macht es mir riesige Freude, ihnen ein wenig zu helfen! Ach, Frau Barth, und es wäre zu schön, um wahr zu sein, wenn mich jemand dabei unterstützen würde", meinte Arthur der Engel zu mir und reichte mir zum Abschied die Hand. „Na, dann machen Sie's gut, Frau Barth", sagte er, griff die Stange von seinem Handwagen und zog damit los …

Eine ganze Weile noch sah ich ihn nachdenklich hinterher, bis er in die nächste Querstraße einbog. Dabei dachte ich: „Sieh an, der Arthur. Nicht nur ein dienstbarer Geist steckt in ihm. Auch noch so was wie eine mitmenschliche Seele hat der Kerl. Ausgerechnet der Arthur. Du meine Güte, wer hätte das gedacht? Und ich nahm mir sein Tun zu Herzen. Wenigstens eine kleine Scheibe wollte ich mir davon abschneiden, beschloss ich.

Der Alte

Sein Alter ist schwer zu schätzen. Weiße Haarsträhnen hingen ihm tief in den Nacken. Sein Rücken ist schmal und etwas nach vorn geneigt. Langsam schiebt er einen Kinderwagen vor sich her und überquert an der Ampel die Straße. Gutmütig blinzelt er mit seinen graublauen Augen das strampelnde Kind an und ein Lächeln huscht über sein Gesicht als er sagt: „Nun, Peterle, hab ich dich endlich für mich allein. Und kein Weibsbild redet uns d'rein, was wir zu tun und zu lassen haben." Das Kind kräht und jauchzt. Dabei klopft es mit seinen derben Händchen immer wieder auf die gehäkelte Wagendecke.

Der Alte fühlt sich bestätigt, lacht und nickt zufrieden. Er lässt die hübschen Häuserfassaden links liegen und fährt auf den nahe gelegenen Marktplatz geradezu. Hier trifft er einige Bekannte. Sie sitzen unter großen Lindenbäumen, auf frisch gestrichenen Bänken und plaudern lebhaft miteinander …

Der Alte entdeckt schon von weitem seinen Freund, den eigenwilligen Tschunke. Er hat die Hände auf dem Bauch verschränkt und lässt sich von der Herbstsonne bescheinen. „Na, Fritze, wieder mal auf Achse", fragt er und steckt seine Nase in den Kinderwagen. Dabei stochert er dem

Kleinen mit dem Zeigefinger auf die Brust, schäkert mit ihm und sagt: „Donnerstag und Freitag! Dat Jör is schon wieder een Stück jewachsen. Du jibst ihm wohl Hefe zu futtern, was?“

Der Alte nickt und lacht. „Das macht die gute Pflege, mein Lieber. Feines Essen kriegt mein Peter und dann auch noch täglich frische Luft. Da muss er doch gedeihen“, sagt er und setzt sich neben Tschunke. Sie plaudern miteinander ein Weilchen und reden über die Vergangenheit. Dabei haben sie sich viel zu erzählen …

Der Alte weist mit der Hand auf das inzwischen eingeschlafene Kind. Er sagt: „Ob du es glaubst oder nicht, Tschunke, aber der Kleine hier ist mir eine große Freude. Er vertreibt die Langeweile und hält mich auf Trapp. War doch nichts mehr los ohne meine Emma. Als sie sich voriges Jahr so unverhofft auf und davon gemacht hat, wäre ich ihr am liebsten ins Grab gefolgt. Es war eine schlimme Zeit für mich ohne sie. Plötzlich alles so still und trostlos, verstehste? Da war man über fünfzig Jahre miteinander verheiratet gewesen und dann der plötzliche Tod. Das steckt man nicht so schnell weg.“

Tschunke wendet den Kopf, verdreht die Augen und kichert: „Na ja, du und deine Emma. Und ihre Pfefferzunge erst. Menschenskind, weißt’de noch? ‚Fritz, rauche nicht, die Gardinen leiden, Fritz, drücke nicht die Sofakissen …‘ Sie hat ganz schön rumkrakeelt, deine Emma“, lachte

Tschunke und strich mit der Hand über seinen kahlen Schädel.

Der Alte räusperte sich. „Na und, aber Emmas Kaffee, der hat dir immer gut geschmeckt, oder? Und überhaupt, es reicht ja wohl, wenn wir über die Lebendigen allerhand dummes Zeug reden. Du wirst doch zugeben müssen, sie war eine Seele von Mensch“, verteidigt sich der Alte.

Eine Weile sitzen sie noch schweigend beisammen. Es ist Markttag und das bunte Treiben nimmt die Beiden ganz gefangen. Besonders lautstark bietet ein Händler seine vielen Käsesorten an. Und der Alte meint: „Ich werd mal wieder weiterziehn. Die Beine vertreten kann nicht schaden. Wer rastet, der rostet. Dann mach's mal gut, alter Junge. Und bleib gesund.“ Er reicht Tschunke zum Abschied die Hand.

„Ja, Fritze, du auch“, entgegnet der und nickt.

Der Alte setzt sich langsam in Bewegung und fährt mit dem Kind am Springbrunnen vorbei. Einige Tauben fliegen auf. Dann biegt er in die Genossenschaftsstraße ein und winkt Tschunke noch einmal kurz zu. Dann fährt er den Bürgersteig lang. Er ist rutschig vom feuchten Laub, denn die riesengroßen Bäume lassen kaum einen Lichtstrahl durch. Die Äste ragen fast bis in die Fenster …

Der Alte bückt sich, pellt eine braune Frucht aus und reicht die blanke Kastanie dem Kind. Das freut sich und versucht immer wieder hineinzubeißen. Lebhaft strampelt es mit den Beinen …

Am Blumenladen bleibt der Alte stehen. Er schaut neugierig ins Fenster und überlegt dabei. Dann greift er in seine Jackentasche, holt einige Markstücke, untersucht auch die Innentaschen und findet auch einiges Kleingeld dazu. Er zählt nach und nickt zufrieden. Dann sagt er: „Schön artig sein, Peterle, hörst du. Ich bin gleich wieder da."

Eilig betritt er den Laden. Bedächtig nimmt er die Parade der vielen Blumentöpfe ab und überlegt hin und her.

„Nun, Herr Weiland, was darf es denn heute sein?", fragt eine rundliche Verkäuferin. Sie besprüht gerade einige Blattpflanzen.

„Geben Sie mir mal einen schönen Topf mit Astern für meine Emma, wenn ich bitten darf. Vielleicht die dunkelroten da", sagt er, neigt sich vor und zeigt mit dem Finger. „Die haben viele Knospen."

Die Verkäuferin packt den gewünschten Topf ein und sagt: „Sechsmarkdreißig. Und immer schön feucht halten, Herr Weiland."

„Weiß ich, weiß ich", sagt der Alte und zählt den Verkaufspreis umständlich vor. Danach verlässt er eilig den Laden …

Das Kind hat sich inzwischen freigestrampelt und knabbert an seinem Füßchen. „Du Quälgeist, kannst auch nicht stille liegen", tadelt der Alte und rückt den Kleinen erst einmal ordentlich zurecht. Er deckt seinen Schützling sorgfältig zu und stellt den Blumentopf in den Wagenkorb. Er nickt zufrieden, holt tief Luft und fährt weiter.

Die roten Backsteinhäuser bleiben zurück und der laubgefärbte Wald öffnet sich. Der Alte bleibt stehen und schaut einigen Bäumen in die Kronen. „Wie schön doch auch der Herbst sein kann“, murmelt er und plötzlich entdeckt er ein Eichhörnchen. Schnell holt er das Kind aus dem Wagen und zeigt mit dem Finger nach oben. „Da, Peterle, siehste was? Ja, da auf dem Ast sitzt jetzt das Eichhörnchen. Schau doch nur“, sagt er und weist mit der Hand in die Richtung …

„Wau, wau“, jauchzt das Kind und strampelt vor Freude.

„Unsinn, das ist doch ein Eichhörnchen. Sieh doch nur den buschigen Schwanz“, belehrt der Alte und legt das Kind behutsam in dem Wagen zurück. Anschließend fährt er entschlossen den Waldweg hinab, erreicht den Friedhof und öffnet die Pforte. Die Kapelle und einige frische Gräber lässt er hinter sich. Auch die weinrot gefärbte Efeuhecke und den Engel aus weißem Marmor …

Schon von weitem entdeckt er Lotte Schneider. Emsig läuft sie hin und her und hantiert mit der Gießkanne. Vorwurfsvoll ruft sie ihm zu: „Na, Herr Weiland, das wird ja höchste Zeit, dass Sie sich blicken lassen! Ihre Frau erstickt schon fast unter dem vielen Laub!“

Der Alte kommt näher und bleibt stehen. „So, tut sie das?“, wundert er sich und betrachtet nachdenklich den kleinen Hügel … Dann holt er eine Harke, die er in einer Konifere versteckt hat, hervor und macht sich an die Arbeit. Vorsichtig harkt er das Laub zusammen. Dabei murmelt er halblaut vor sich hin. „Bloß gut, Emmchen, dass du schläfst. Du würdest sonst über diese Unordnung hier ganz schön schimpfen. Aber nimm mir's nicht über, ich hab zu tun.“

Lotte Schneider kommt näher. Sie schaut in den Wagen und wundert sich. „Ich hab gar nicht gewusst, dass Sie noch so ein kleines Enkel haben? Das ist ja ein süßer Fratz und wie der lacht!“

„Schneidern, ich muss Sie enttäuschen“, sagt der Alte und tritt an ihre Seite. „Aber der Peter ist nicht ein Enkel von mir, sondern meiner Nachbarin ihr Kleiner. Sie hilft neuerdings halbtags bei Kaisers aus. Sie wissen ja, Verkäuferinnen werden gebraucht …“

„Aha, nun verstehe ich. Und Sie machen inzwischen das Kindermädchen? Deshalb haben Sie sich so lange nicht blicken lassen.“

„Ja, so ist es, Schneidern“, lacht der Alte und streicht sich über das Kinn. „Ich hab jetzt zu tun, täglich ein paar Stunden. Aber was ist das schon? Der Kleine braucht mich und ich bin nicht mehr so alleine. Man ist noch auf dieser Welt zu was nütze. Nicht einfach abgeschoben, wenn Sie verstehen, was ich meine. Wirklich, mein Peterle braucht mich und ich ihn, wir verstehen uns."

„Na, das freut mich", sagt Lotte Schneider und geht wieder an die Arbeit. „Noch zwei Gräber muss ich heute in Ordnung bringen", sagt sie und schleppt einen Sack voller Laub zum Komposthaufen …

Der Alte wickelt umständlich den gekauften Asterntopf aus dem Papier und stellt ihn neben den Grabstein. Er betrachtet die Astern und findet, sie machen sehr viel her. Abwechselnd schaut er immer wieder auf den kleinen Hügel und auf das schlafende Kind. Es hat ein Fäustchen unter das Kinn geschoben und atmet ruhig. Der Alte fühlt sich bestätigt. Ein wenig erschöpft setzt er sich auf die nahe stehende Bank. Die Sonne wärmt seinen Nacken und ein Windhauch lässt erneut Blätter zur Erde fallen. Nachdenklich schaut er dem bunten Treiben zu. Auch wischt er sich verstohlen mit dem Ärmel über die Augen …

„Oba! Oba!", ruft es aus dem Wagen. Der Alte tritt näher und nimmt das Kind heraus. Liebevoll drückt er es an sich und lässt es auf seinem Schoß wippen. Dabei singt er: Hoppe, hoppe, Reiter, wenn er fällt, dann schreit er …"

Peter kreischt, kräht und jauchzt, zeigt seine zwei Zähnchen und stopft die Fäustchen in den Mund …

„Aha, ich verstehe, du hast Durst", sagt der Alte und holt aus dem Wagen das mitgebrachte

Fläschchen. Vorsichtig wickelt er es aus der weißen Serviette. Geschickt schiebt er sich das Kind zurecht und gibt ihm zu trinken. Dabei ruft er: „Wissen Sie was, Schneidern! Sie können ja denken von mir was Sie wollen! Aber dieser kleine Hosenmatz hier ist meine ganze Freude!"

Wer unter Menschen nur einen Engel sucht,
der findet kaum Menschen.
Wer aber unter Menschen nur Menschen sucht,
der findet gewiss einen Engel.

Gottlieb Moritz Saphir

Der Brief

Der Unterricht war zu Ende. Die Schüler aus der elften Klasse strömten nach draußen. Vorbei am Hauptausgang gingen sie dann ihre verschiedenen Wege, die meisten nach Hause …

Elke und Gabriele nahmen sich Zeit füreinander. Sie hatten sich viel zu erzählen. Außerdem war es ein milder Maitag, und die Sonne schien warm. Langsam näherten sie sich der Reihenhaussiedlung, in der sie zu Hause waren. Elkc blieb stehen. Sie reichte Gabriele zum Abschied die Hand und sagte: „Dann tschüß, bis morgen." Sie winkte noch einmal zurück und verschwand hinter einer hohen Hecke.

Gabriele hatte ihr Haus erreicht. Sie läutete Sturm, denn sie hatte wieder mal ihren Hausschlüssel vergessen.

Die Mutter öffnete und blickte überrascht. „Grüß dich, Gabi. Nanu, wieso kommst du jetzt schon aus der Schule?“, wunderte sie sich und folgte ihrer Tochter in den Flur …

„Englisch ist wieder mal ausgefallen“, entgegnete Gabriele und gab der Mutter einen Kuss. Dann legte sie die Mappe ab, zog ihre Jacke aus und ging mit der Mutter in die Küche. Nachdem beide einige Sätze gewechselt hatten und der Tisch von Gabriele gedeckt wurde, sagte die

Mutter beiläufig: „Ach ja, fast hätte ich es vergessen. Es ist ein Brief für dich gekommen, aus Kühlungsborn. Ich hab ihn in deinem Zimmer auf den Tisch gelegt.“

Gabriele hielt inne. Überrascht und mit einem freudigen Gesichtsausdruck sah sie die Mutter an. „Ein Brief für mich?“, staunte sie und warf das Besteck auf den Tisch. Mit einer Kehrtwendung eilte sie aus der Küche und in ihr Zimmer. Hastig, mit klopfendem Herzen griff sie nach dem Brief, auf den sie schon so lange gewartet hatte.

Doch, was war das? Das Kuvert geöffnet? Gabriele konnte es nicht fassen. „Wieso ist der Brief geöffnet?“, fragte sie sich. „Er ist doch an mich adressiert“, dachte sie unwillig und kam zu dem Schluß: „Das kann nur Mutter gewesen sein. Immer muss sie mich kontrollieren … Als ob ich noch ein kleines Kind wäre“, empörte sich Gabriele und warf den Brief ungelesen auf den Tisch zurück. Jede Freude an Holgers Brief war ihr in diesen Augenblicken vergangen. „Das ist doch unerhört“, schimpfte sie. „Typisch Mutter! Was kommt sie mir zuvor?“, fragte sie sich und fühlte sich in ihr Verletztsein ein. Mißmutig, mit einem Groll im Herzen, blieb sie in ihrem Zimmer. Sie warf sich auf ihr Bett und trotzte in den Nachmittag hinein …

Auch beim Abendbrot verhielt sie sich wortkarg und verstimmt. Sie hing herum, aß kaum und nippte nur gelegentlich am Tee …

„Was ist denn heute los?“, wunderte sich der Vater. „Diese Friedhofstille bin ich ja gar nicht gewöhnt. Gabi, falls du einen Frosch im Hals hast, du brauchst ihn nicht runterzuschlucken. Immer spuck ihn aus, ist bekömmlicher“, scherzte der Vater. „Aber ich lass mir durch deine schlechte Laune nicht den Appetit verderben.“

Gabrieles Augen blitzten den Vater an. „Als wenn es nur das wäre“, schnauzte sie zurück und sprang vom Tisch auf. Dabei warf sie den Stuhl um und rannte schluchzend aus dem Zimmer.

Der Vater sah ihr überrascht hinterher und fragte: „Was hat sie denn, Erna? Nun sag schon. Ein Benehmen ist das!“

„Lass mal gut sein, Werner“, entschuldigte die Mutter. „Es ist das bewusste Alter, wie es halt alle Mädchen mehr oder weniger durchmachen. Auch das geht vorüber.“ Sie stand auf und räumte den Tisch ab.

Gabriele knallte die Tür hinter sich zu und warf sich aufs Bett. Das Gesicht in die Kissen vergraben, ließ sie ihren Tränen freien Lauf. Sie war von der Mutter enttäuscht und auch auf den Vater wütend. Zutiefst beleidigt schimpfte sie dann eine ganze Weile vor sich hin. Dabei warf sie immer wieder einen Blick auf den Tisch, wo der Brief lag. Doch der Trotz hielt sie davon ab, ihn zu lesen …

Allmählich beruhigte sich Gabriele, und sie musste denken: „Schön war die Rüste zu Ostern mit den Teenis an der Ostsee. Prima Wanderwetter. Und die Jungs – alle okay, überhaupt der Holger mit seiner Gitarre …“ „Ob er mich ein wenig mag?“, fragte sie sich und malte sich in Gedanken die schönsten Träume aus … Doch sie verwarf sie bald. „Vielleicht bin ich ihm nicht fromm genug?“, überlegte sie. „Er lebt ja jeden Tag mit seiner Bibel … Und ich?“, fragte sich Gabriele müdeschwer und war endlich irgendwie eingeschlummert …

Längst war es schon nach Mitternacht. Die Mutter lag neben ihrem Mann im Bett. Unruhig wälzte sie sich von einer Seite auf die andere. Ihr Kopf war voller Gedanken und ihre Seelenruhe dahin. „Es war wohl nicht recht, den Brief zu öffnen?“, überlegte sie immer wieder. „Ach was, in einer Familie darf es keine Heimlichkeiten geben“, rechtfertigte sie sich. Doch der Schlaf wollte nicht kommen. Immer wieder stellte sie sich viele Fragen, auf die sie keine klare Antworten fand. Und am meisten beschäftigte sie sich mit dem Loslassenkönnen oder auch nicht …? „Gabi wird langsam erwachsen“, musste sie denken. „Es wird Zeit, dass ich mich daran gewöhne“, sagte sie sich und blickte auf die Uhr, die auf dem Nachttisch stand. „Was, schon halb drei?“, wunderte sie sich. Da hielt sie es nicht länger in ihrem Bett aus.

Sie stand auf, zog den Morgenmantel an und ging leise auf Zehenspitzen auf das Zimmer ihrer Tochter zu. An der Tür blieb sie stehen und lauschte. Zögernd, mit klopfendem Herzen trat sie ein und schlich leise bis an das Bett von Gabriele. Dann nahm sie endlich auf dem Bettrand Platz. So saß sie eine Weile innerlich kämpfend da, die Hände gegeneinander gepresst. Aber dann endlich fasste sie Mut und streichelte sanft über Gabrieles langes Haar. Still betrachtete sie ihre Tochter, die gleichmäßig und ruhig atmete …

Gabriele fühlte im Halbschlaf die Gegenwart der Mutter. Sie rührte sich nicht und tat, als wenn sie tief schliefe. Dabei hielt sie den Atem an und lauschte auf das, was nun kommen könnte. Endlich hörte sie die Mutter sagen: „Ach, Gabi, es fällt mir nicht leicht. Doch ich muss dir gestehen: Den Brief an dich hab ich geöffnet … Ich weiß, es war nicht recht. Aber der männliche Absender … Gabi, verzeih mir. Ich bitte dich“, stammelte die Mutter und fügte hinzu: „Sei mir nicht böse, es soll nicht wieder vorkommen …“

Gabriele drehte der Mutter das Gesicht zu. Sie richtete sich ein wenig auf und sah die Mutter an. Dann legte sie endlich den Arm um ihre Schulter und sagte: „Ach, Mutti, du hast es nicht leicht … Es ist schon gut. Komm, geh jetzt ins Bett. Du erkältest dich sonst noch … Ja, und danke auch …“

Erleichtert verließ die Mutter das Zimmer. Sie war froh, diesen Schritt getan zu haben. Leise kroch sie unter ihre Zudecke.

Ihr Mann knurrte im Halbschlaf: „Was schleichst du herum, Erna? Bist du mondsüchtig?“ Er rückte an seine Frau heran, nahm sie in seine Arme und schlief zufrieden weiter …

Gabriele sprang aus dem Bett und auf den Tisch zu. Hastig griff sie nach dem Brief. Dann eilte sie ans Fenster und las ihn im Schein des Mondes. Immer wieder huschte ein glückliches Lächeln über ihr Gesicht. Und zum Schluss küsste sie sogar den Brief, den Holger geschrieben hatte „… In den Semesterferien komme ich für ein paar Tage nach Berlin … Da könnten wir doch gemeinsam was unternehmen“, schrieb er und: „Gott schütze dich! In Liebe, Holger.“

Bernd

Es ist ein nasskalter Tag und Schneeregen. In der Rathauspassage und um den Fernsehturm heult ein scharfer Wind.

Ich halte meinen Hut fest und schlage den Mantelkragen hoch. Mit schnellen Schritten eile ich auf den nächstliegenden Lebensmittelladen zu. An der Eingangstür werde ich aufgehalten und angesprochen. „Tach, haste mal 'ne Mark?"

Ich stutze und hebe den Kopf. Vor mir steht ein blassgesichtiges Straßenkind. Hellblaue Augen sehen mich groß an. „Was möchtest du? Eine Mark?", frage ich und mustere den Knaben. Die Hände hat er tief in seine viel zu dünne Kutte vergraben, und an seinen Hochwasserhosen zerrt der Wind. Nicht mal einen Schal hat der Junge um. „Een Scheißwetter is det heute", sagt er und wischt seine rotgefrorene, tropfende Nase am Ärmel ab.

Ich reiche ihm ein Taschentuch hin. Dann krame ich aus meiner Geldbörse ein Zweimarkstück und reiche es ihm. Seine Hände greifen danach. „Oh, danke ooch", sagt der Junge und steckt das Geld ein. Ein flüchtiges Lächeln huscht über sein Gesicht. Über der Augenbraue entdecke ich eine lange Narbe.

„Kaufe dir was Heißes zum Trinken und geh nach Hause", sage ich. „Du holst dir sonst noch eine Erkältung weg." Mit dieser Bemerkung lasse ich ihn stehen und gehe in den Laden ... Nachdem ich einige Kleinigkeiten eingekauft habe, auch ein Brot und zwei Pfannkuchen, eile ich nach draußen. Aber da steht mein Straßenkind immer noch und friert. „Nanu, du bist ja noch hier?", staune ich. „Und überhaupt, müsstest du nicht in der Schule sein?", frage ich und weise mit der Hand auf ein ranzenähnliches Behältnis, das zu seinen Füßen liegt.

Der Knabe wirft sein blondes strähniges Haar in den Nacken. Er verzieht das Gesicht, hebt die Schultern und sagt: „Püch, Schule? Det war mal. Is schon 'ne Weile her. Übrigens, ick heiße Bernd. Na, und du, Omi?", fragt er und bekommt einen Hustenanfall.

„Ich heiße Irmgard", stelle ich mich vor und klopfe seinen Rücken. „Danke", japst er. „Es geht schon." Ich muss lächeln. Der Junge gefällt mir. Deshalb sage ich zu ihm: „Weißt du was, ich hab schon zwölf Enkel. Und einer sieht fast so aus wie du."

„Watt denn, so viele?", wundert sich Bernd und mustert mich eingehend vom Kopf bis zur Stiefelspitze. „Dein roter Hut jefällt mir", meint er. „Du siehst damit aus wie die Königin von England. – Und wie viele Kinder haste?"

„Vier", entgegne ich voller Stolz. „Und alle leben in Berlin ..." „Ach nee, da haste aber Schwein! Und biste denn ooch mit deine Jöhren zufrieden?“, will Bernd wissen und popelt dabei in seiner Nase. Mit lebhaften Augen schaut er mich an. Der Junge wird mir zunehmend sympathischer. Deshalb sage ich zu ihm. „Was stehen wir hier herum und holen uns kalte Füße? Komm, lass uns irgendwo in ein Lokal einkehren. Ein bisschen Wärme wird dir gut tun.“

Bernd nickt zustimmend. Er greift nach seinem Ranzen und folgt mir mit schnellen Schritten. Seine hagere Gestalt kämpft gegen den scharfen Wind. Er zieht den Kopf ein und sagt: „Ein Scheißwetter is det heute.“ Wir lassen das Rote Rathaus hinter uns, erreichen das Nikolaiviertel und bleiben vor der Heinrich-Zille-Kneipe stehen. „Komm, lass uns hier reingehen“, schlage ich vor.

Die Gast- und Raststätte lädt zum Verweilen ein. Eine angenehme Wärme umfängt uns. Wir legen die Sachen ab und nehmen am Fenster Platz. Von hier haben wir einen schönen Ausblick auf die Kirche und den Handwerkerbrunnen. Nun prasseln auch noch Hagelkörner gegen die Scheiben. „Wie gut, dass wir hier eingekehrt sind“, sage ich und bestelle zwei Gläser heißen Tee mit Zitrone.

Bernd freut sich und reibt sich vor Vergnügen die Hände. Als sich unsere Blicke treffen, legt er spontan los: „Mann o Mann, is det geil hier! Nie und nimmer hätt ick mir träumen lassen, det ick heute hier sitzen werd. Echt jemütlich is et und so schön warm“, freut er sich und steckt dabei einen Würfelzucker in den Mund … Die Kellnerin bringt uns die bestellten Getränke. „So, bitte sehr“, sagt sie, schaut, ob die Blumen auf dem Tisch noch genug Wasser haben, und wendet sich dann den anderen Gästen zu.

„Alles, was recht is. Aber weeste wat, Irmgard, ich hab schon lange nich so een scheenes Lokal von innen jesehen, ehrlich. Und noch dazu so een vornehmes! Ne warme Stube, det is doch was“, schwärmt Bernd mit glänzenden Augen. Seine Hände hat er gegen das Glas gelegt. Genüßlich schlürft er dabei den Tee.

Ich beobachte ihn. Und eine bange Frage geht mir durch den Sinn. Was mag diesen sympathischen Jungen auf die Straße getrieben haben? Als wenn Bernd meine Gedanken erraten hätte, sagt er: „Ja, aber nach Hause zu Mama jeh ick nich. Keene noch so jutgemeinte Sozialhilfe kriegt mich dort hin. Ausbaden die Scheiße muss man sowieso alleene! Meine Alten, musste wissen, die saufen. Keene Arbeit, aber Jeld, um Schnaps zu koofen, ham se. Und wenn sie jenug gesoffen hab'm, jeht die Keilerei los. Ick krieg dann immer det meiste ab. Immer druff uf die Kleenen! Aber seit drei Monaten nu nich mehr. Da bin ick einfach abjehauen. Nun soll'n se sehn, wen sie dreschen könn …“ Bernd hält inne, und seine Augen leuchten auf. Er nimmt einen großen Schluck Tee und fährt mit dem Erzählen fort. „Aber det letzte Mal, als mein Alter uf mich eingeschlagen hat, da hat er sich dabei die Hand jebrochen. Da is er mit ihr gegen die Ecke vom Kühlschrank jeknallt …" Bernd macht eine genießerische Pause, weil er sich wahrscheinlich an der Erinnerung und an meinem Entsetzen weidet. Das Kinn auf seine Hand gestützt, schaut er mich mit einem lebhaften Gesichtsausdruck an.

„Und, hast du noch Geschwister?", erkundige ich mich.

Bernd nickt. „Ja, die Ines. Aber die is schon vor eenem Jahr von zu Hause abgehauen. Die ist jetzt am Bahnhof Zoo. Jeht anschaffen, für sich und andre Jöhren. Wennste weest, wat ick meene. Denn von irjendwas muss der Mensch doch leben. Aber Ines hat keene Ahnung, det ich ooch von zu Hause weg bin …" Bernd holt tief Luft. Ich höre, wie seine Bronchien geräuschvoll krächzen. Er senkt den Blick und trinkt sein Glas leer.

Ich bestelle erneut Tee und krame die gekauften Pfannkuchen aus meiner Tasche. Ich lege sie vor Bernd hin und sage: „Hier, iss, lass sie dir gut schmecken." Er greift danach und beißt hastig hinein. Gierig verschlingt er den ersten Pfannkuchen. Ich ahne schon, der Junge hatte bestimmt noch kein Frühstück. Im Nu hat er auch den zweiten verputzt. Eine Weile hänge ich meinen Gedanken nach. Aber dann frage ich doch. „Und hast du denn keinen Freund?"

Bernd schaut mich erstaunt an. Er verzieht das Gesicht und bläst durch die Zähne. „Nen Freund? Ja, hatte ick mal, den Uwe. Aber der is anjesackt.

Jeroocht hat er wie een Schlot, Haschisch. Und jetzt nimmt er täglich 'nen Schuss. Is een armes Schwein. Und ick steh daneben und kann nüscht dajegen machen ..." Bernd hält inne. Er seufzt und macht eine ratlose Handbewegung.

Ich lasse meine Blicke nach draußen schweifen. Es hat aufgehört zu regnen. Einige Passanten drängen sich vor der Eingangstür der Nikolaikirche. Sie lesen die Tafeln und Werbungen. Zwei Kinder füttern Tauben. Lebhaft flattern und springen sie hin und her.

Nach einer Weile spricht Bernd weiter. „Nee, ich rooche nicht, nich mal Zigaretten. Und een Schuss nehm ick ooch nich. Mögen se mich doch hänseln und auslachen, die Kaputten. Weeste wat, Irmgard, ick will nich janz unterjehn ..." Bernd kratzt sich den Kopf. Er fragt: „Wat meenste, ob ick Läuse hab? Schon über eenen Monat hab ick die Haare nich gewaschen. Neulich, da wollt ick se uf eenem öffentlichen Klo waschen. Aber da hat mich doch die blöde Tante fortjejagt. Mann o Mann, hat die jewettert ... Ja, da guckste. Aber weeste wat, jute Menschen jibt's janz wenige. Die kannste mit der Zeitlupe suchen", sagt Bernd und erzählt weiter. Er spricht schnell und hastig, so, als hätte er Angst, ich könnte ihm davonlaufen. „... nee, ins Heim will ick ooch nicht. Da kriegste Gruppendresche. Det hat mir Uwe erzählt. Da stecken se dir den Kopp jewaltsam ins Klobecken und drücken so lange uf die Spülung, bis de fast daran erstickst ..." Bernd schnappt nach Luft. „Ooch ick muss ufpassen, det ick keene überjebraten krieg. Meistens sind es ja mehrere, die über eenen herfallen. Bloß, weil ick nich machen will, wie die woll'n. Da hilft nur eens. Knieheber. Irmgard, weeste überhaupt, wat det is?" Ich verneine und schüttle den Kopf. „Knieheber is det eenzje, mit dem man sich von vorne retten kann, wenn man anjegriffen wird ..."

Bernd springt von seinem Stuhl hoch und führt es mir vor. Dabei sagt er noch. „Und wenn die Angreifer von hinten kommen, hilft nur, den Rücken rund machen ..." Bernd zieht den Kopf zwischen seine Schultern, damit ich es auch begreife. Dann setzt er sich wieder. Er verschränkt seine Arme vor der Brust, und seine Augen durchwandern den Raum. An der Theke bleiben sie hängen. Viele Flaschen mit bunten Etiketten stehen herum und laden zum Genießen ein. Die Bardame hat alle Hände voll zu tun. Sie mixt und bedient flink ...

Erneut legt Bernd los. „Nee, ick saufe nicht. Und Stoff nehm ick ooch keenen. Für nüscht uf die Welt! Ick lass mir ooch nicht zwingen wie Uwe. Meinetwegen soll'n se mich doch totschlagen, diese Angeber! Besser tot als zum Viech werden", sagt Bernd entschieden. Er senkt den Blick, und seine Wimpern schimmern feucht.

Die Kellnerin kommt. Sie will abkassieren. Ich bezahle die Rechnung. Bernd steht von seinem Stuhl auf und sagt zu mir. „Ick bin gleich wieder da." Er geht auf die Toilette. Als er wiederkommt, stelle ich fest, er hat sich gewaschen und gekämmt.

Wir rüsten zum Aufbruch und ziehen uns an. Draußen hat der Wind etwas nachgelassen. Auch die Wolkendecke ist aufgerissen, und ein paar Sonnenstrahlen fallen auf uns herab. Gleich sieht die Rathauspassage belebter und freundlicher aus.

Bernd geht dicht neben mir her und fragt: „Wat meinste, Irmgard, wenn ick tot bin, ob ich dann vielleicht doch in den Himmel komm? Es soll ja Leute jeben, die globen an den lieben Jott. Ick war am Sonntag da drüben in die Marienkirche gewesen. Nur een bisschen ufwärmen wollte ick mich. Und da hat der Pfarrer über so was jesprochen. Nun sag schon, watt meinste dazu?" Bernd bleibt vor mir stehen und sieht mich mit fragenden Augen an.

Und ich wusste, mein Straßenkind ist noch sehr weit vom Himmel und vom lieben Gott entfernt. Aber eine große Zuneigung für diesen Jungen hat mich längst erfasst. Deshalb sage ich nach einigen Überlegungen zu ihm: „Weißt du was, Bernd, über den Himmel und über den lieben Gott sprechen wir Beide das nächste Mal ..."

Und wann haben wir dich fremd und obdachlos gesehen und aufgenommen, oder nackt und dir Kleidung gegeben? Und wann haben wir dich krank oder im Gefängnis gesehen und sind zu dir gekommen? Darauf wird der König ihnen antworten: Amen, ich sage euch: Was ihr für einen meiner geringsten Brüder getan habt, das habt ihr mir getan.

Mt 25,38-40

Zeugenvernehmung

„… Also, noch mal von vorne, Herr Ludwig“, sagte der Beamte. „Und immer schön der Reihe nach. Wie oft noch sollen wir Sie befragen?“

Der Zeuge, ein Mann, Mitte sechzig ungefähr. Er war beleibt und atmete schwer. Er öffnete seinen Mantel, nahm den Schal ab, holte tief Luft und sagte: „Also, das war so, Herr Kriminal. Wir standen an der Bushaltestelle …“

„Wer wir? Bitte etwas genauer.“

„Na ich, mindestens zehn Wartende und der Mosambikaner …“

„Woher wissen Sie, dass der Neger ein Mosambikaner war?“

„Na, dann eben ein Afrikaner. Also, wir alle warten auf den Bus. Er fährt vor und hält. In dem Augenblick springen drei radikale Skinheads aus dem Bus und …“

„Woher wollen Sie wissen, dass es Skinheads waren, Herr Ludwig? Merken Sie sich, nicht Ihre Meinung ist gefragt. Wir wollen nur den Sachverhalt wissen. Verstanden?“

„Ja, Herr Kriminal. Vielleicht waren es ja auch Rechte? – Ach, bitte, könnte ich vielleicht ein Glas Wasser haben? Meine Kehle ist schon ganz trocken … Oh, danke …“

„Also, die drei Männer stürzen sich auf den Schwarzen. Wir Bürger springen zur Seite. Einige steigen in den Bus. Aber die meisten bleiben zurück und gucken zu. Und keiner tut was. Nicht eine Menschenseele kommt dem Schwarzen zu Hilfe, auch nicht eine ... Ich stehe da, wie gelähmt, wie angenagelt, unfähig mich zu rühren. Aber da waren doch an der Haltestelle ein paar kräftige junge Männer. Die hätten doch eingreifen sollen, aber leider ..."

„Bitte, bleiben Sie beim Sachverhalt, Herr Ludwig. Wir wollen nur das Wesentliche wissen. Und was sahen Sie sonst noch?"

Der Zeuge öffnete seinen Kragenknopf. Er strich mit der Hand über seine Stirn, überlegte und fuhr fort. „Also, die drei brutalen Kerle, groß und breit wie Schränke, schlugen auf den Schwarzen erbarmungslos ein. Immer und immer wieder traten sie hart mit ihren Stiefeln gegen den Kopf und in die Hoden ..."

„Sind Sie sicher, dass es Stiefeln waren und keine Schuhe?"

„Es waren Stiefel", sagte Ludwig zögernd und fuhr mit der Aussage fort. „Der Afrikaner taumelte, ging in die Knie und fiel zu Boden. Und die Angreifer schlugen und hackten weiter auf den armen Menschen ein. Ach, Herr Wachtmeister, könnte ich mich vielleicht einen Augenblick setzen? Man ist ja nicht mehr der Jüngste. Oh, danke, vielen Dank ..."

„Und was geschah noch, Herr Ludwig? Bitte fassen Sie sich kurz", sagte der Beamte. „Kommen Sie endlich zur Sache!"

„Was noch geschah? – Dann zerrten sie den Schwarzen hoch. Brutal schlugen sie auf ihn ein. Immer voll ins Gesicht und gegen den Kopf. Blut spritzte. Es war schrecklich, Herr Kriminal. Der Mann war doch schon halb totgeschlagen …"

„Herr Ludwig, reißen Sie sich zusammen! Nicht ihre Gefühlsduselei ist gefragt! Was war dann noch? Aber bitte, fassen Sie sich kurz", sagte der Beamte ungeduldig und machte einige Notizen.

„Noch? Ja, was war noch?", überlegte der Zeuge. Er griff mit der Hand gegen die Schläfe. Trank einen Schluck Wasser und wischte sich den Schweiß von der Stirn. Dann sagte er endlich: „Die haben nur zugeschaut. Und einer hat sogar angefeuert. ‚Immer gib's ihm! Immer rein in die schwarze Schnauze!' Aber kein Mensch hat dem Geschlagenen beige … bei … gestanden", hauchte der Zeuge und fiel vom Stuhl.

Als der Arzt den Patienten wenige Minuten später untersucht hatte, stellte er fest: „Herzversagen."

„Ach", sagte der Untersuchungsbeamte. „Und wir wollten Herrn Ludwig als Zeugen doch nur befragen."

Ich habe die Stimme Gottes gehört

Diesen Tag werde ich nicht so schnell vergessen: Mittwoch, den 29. Mai 1996, vormittags, zwischen zehn und elf Uhr. An diesem Vormittag war ich mit dem Fahrrad unterwegs, um einige Besorgungen zu machen. Ich fuhr die verkehrsreiche Dörfeldstraße in Berlin-Adlershof entlang – im Schneckentempo vorbei am Marktplatz, der Sparkasse, der Berliner Bank, bis ich schließlich vor der „Wegert-Villa" im Stau stand, an der umfangreiche Abrissarbeiten vorgenommen wurden. In beiden Fahrtrichtungen bewegte sich nichts mehr …

Vor mir ein rotes, parkendes Auto, hinter mir eine dunkle Limousine, in der ein Herr saß, und ich mit meinem Fahrrad dazwischen. Auf den Fußweg nach rechts konnte ich nicht ausweichen, da ich vor einem Gerüstpfeiler stand. Dann rieselte feiner Kalk und Mörtelstaub trotz Gerüstverkleidung auf mich herab. Mitten in diese missliche Enge hinein vernahm ich plötzlich eine laute Stimme: „Geh auf die andere Seite!" Ich sah mich erschrocken um. Aber kein Mensch in meiner Nähe war zu sehen. Einbildung dachte ich. Aber dann hörte ich die Stimme noch mal: „Geh schnell! Sofort!"

Ich scherte mit meinem Fahrrad aus, einem entgegenkommenden Lkw-Fahrer gab ich ein

Zeichen, und da geschah es auch schon: Wie nach einem Bombeneinschlag stürzte das Gerüst samt der zweiten Etagenfront von der „Wegert-Villa“ auf den Fußweg und auf die Straße ...

Ein Mauerstein schlug gegen mein Hinterrad und eine riesige Staubwolke hüllte mich ein ...

Nachdem sich die Lage ein wenig beruhigt hatte, stellte ich fest: Der größte Teil von der Rüstung samt der zweiten Etagenfront waren genau an der Stelle eingestürzt, an der ich noch vor acht oder zehn Sekunden gestanden hatte.

Welch eine Bewahrung! Das rote Auto hatte Totalschaden. Gott sei Dank – es saß niemand drin. Die dunkle Limousine erlitt einen Teilschaden, der Fahrer blieb unverletzt und kam mit einem Schrecken davon.

Und ich? Am ganzen Körper zitternd und sprachlos stand ich zutiefst bewegt da. Mein Gott hatte zu mir gesprochen, um mir das Leben zu retten! Ich konnte es kaum fassen, welch ein Wunder!

Zwei Personen, die das miterlebten und mich gut kannten, riefen mir zu: „Frau Laps! Sie hatten aber einen Schutzengel!“

Und einige schaulustige Männer meinten: „Hat man Worte? Na, Sie haben aber Schwein gehabt!“ Nun, ich wusste es besser und sagte es auch!

Viele Christen sind entmutigt, weil sie glauben, dass die Wunder der Bibel heute ja doch nicht mehr geschehen würden. Deshalb habe ich dieses Erlebnis niedergeschrieben, damit sich jeder überzeugen kann: Der alte Gott lebt immer noch!

Ich will mich über den Herrn freuen
und will all das Gute nicht vergessen,
das ich von ihm empfangen habe.

Psalm 103,2

Gespieltes Wunder

Immer wieder zieht es mich zu ihm hin. Und das schon über ein Jahr. Ich meine damit Kostja Akimow, den Violinspieler aus Kiew. Kennen gelernt habe ich ihn in der Bahnhofshalle am Bahnhof Zoo. Aber sehr bald wurde er von den Ordnungshütern von dort vertrieben. Nun spielt Kostja schon seit einigen Monaten hier in der Bahnhofshalle an der Friedrichstraße. Inzwischen ist er mir ein guter und vertrauter Freund geworden. Denn sein Violinsolo ergreift und fasziniert mich immer wieder. Ja, ich merkte sehr bald, dieser Kostja Akimow ist nicht nur so ein fiedelnder Bettler, wie es in Berlin viele davon gibt ... Nein, bei ihm steckt mehr dahinter. Mit gekonnter Leidenschaft und Hingabe kommt immer wieder sein künstlerisches Können zum Klingen. Welch ein Musiker! Er, Kostja, ganz Mensch und ganz Herz. Schon mit dreizehn Jahren gab er Konzertabende auf seiner Violine. Auch wirkte er mit in Kammermusikensembles, in verschiedenen Orchestern und sogar in Radiosendungen, weit über die Ukraine hinaus ...

Schon von weitem habe ich ihn entdeckt. Ich eile auf ihn zu, winke und rufe: „Hallo Kostja! Nun, ist dein Leben noch frisch?“, frage ich und bleibe in seiner Nähe stehen. Mit angehaltenem

Atem lausche ich seinen wunderbaren Geigenklängen. Und die Art wie er spielt, den Bogen führt und in die Seiten drückt und greift, bestätigen mein Wissen: Kostja Akimow ist ein großer Musiker, den die Arbeitslosigkeit hier in die Bahnhofshallen Berlins verschlagen hat.

Kostja hat aufgehört zu spielen. Ich gehe auf ihn zu und reiche ihm die Hand. Er freut sich und gibt mir einen Handkuss. Wir wechseln ein paar Sätze, erzählen uns das Wichtigste und ich entdecke in unserer Nähe eine Holzkiste. Die schleppe ich heran und lasse mich darauf nieder. Dabei denke ich: So, jetzt kann sie weitergehen, die gespielte und geschenkte Zeit. Wenigstens ein halbes Stündchen will ich sie auskosten. Wann schon kriege ich so ein wunderbares Violinsolo geboten? Und wenn – um welchen Preis?

Nun ein kurzes Einstimmen und Kostja beginnt erneut zu spielen ... Prokofjew. Ich bin beeindruckt, wie er in die Seiten greift und den Bogen führt. Ja, in eins mit seiner Violine verschmilzt und sie zum Klingen bringt. Meine Bewunderung und Wertschätzung für ihn und seine Musik wird zunehmend größer. Und ich muss denken: Dass es das noch gibt! Heute, im Zeitalter der Techno-Musik?

„Allegro sostentuto!", ruft mir Kostja zu, mit Augen, als müsse auch hier in der Bahnhofshalle eine Hand sie vor der Sonne schützen, damit die ukrainische Ferne deutlich wird. Aber sein Gesicht ist schmaler geworden, so scheint es mir. Ach, wie schön, ein leichtes Lächeln huscht über seine vollen Lippen, mit denen er mir einen flüchtigen Kuss zuwirft und den ich mit heiterer Gebärde erwidere.

Kostjas Oberkörper ist in leichter Bewegung, und wie feingliedrig seine Finger in die Seiten greifen … Und es bedrückt mich, wenn ich sehe, wie die Menschen – überwiegend Reisende – ihn kaum beachten und vorbeihasten. Seine Musik hören und doch nicht wahrnehmen. Manche lassen Hartgeld in Kostjas Violinkasten fallen, der zu seinen Füßen aufgeklappt liegt. Mit fünfzig Pfennigen, Ein- und Zweimarkstücken wird er wie ein Bettler abgespeist. Doch Kostja Akimow ist kein Bettler, auch wenn er vor mir in einer verwaschenen Jeansjacke und -hose dasteht.

Sein Violinsolo ist für mich wie ein aufgerissener Himmel, voll Klarheit und Reinheit, das mich demütig werden lässt, vor ihm und meinem großen Gott. Denn jetzt bin ich die Beschenkte …

Allegro. Ich schließe die Augen und lausche. Nein, Prokofjew übertreibt in seinem Musikwerk nichts. Ach, Kostja, in jenen Augusttagen vor Jahren war es gewesen. Da bin ich in deiner Stadt am Dnjepr langspaziert. Die Wellen des Flusses tanzen und springen, drehen sich im Kreise und lecken den Sand. Aber – Tschernobyl – wie weit bist du eigentlich von Kiew entfernt? Ach, Kostja, was hat man deinem Land angetan? – Ja, und hat nicht dein Vater am Ufer gestanden und vergeblich gefischt? Habe ich das Gesicht deiner Mutter nicht auch gesehen? In der stummen Schlange vor dem kleinen Fleischerladen? Aber auf dem Puschkin-Platz, am herrlichen Springbrunnen, da hab ich bestimmt deine Frau gesehen und dein Töchterchen Katinka hat getanzt. Braune Haut, lockiges Weizenhaar, ein kleiner Wirbelwind. Bunt bestickte Kleider trugen die Mädchen. Im engen Kreise, Anschlag der roten Stiefel. Aufjauchzen der Tänzerinnen! Helles Lachen, sprudelnde Freude, flatternde Tücher und Bänder … Dann tiefes Verbeugen und Atemholen. Die umsitzenden Frauen und Mütter haben die folkloristischen Lieder mitgesungen und mit mir Beifall geklatscht …

Doch was ist das? Ich fahre zusammen, öffne die Augen und sehe. Eine Saite ist gerissen. Kostja schrenkt eine neue ein. Dann hebt er die Hand, in der er den Bogen hält und gibt mir ein Zeichen. „Irmgard, nur noch einen Satz von Tschaikowskij in Scherzo“, sagt er. „Dann höre ich für heute auf. Hab Verabredung mit Musikfreund aus Kiew.“

Ich nicke, trete drei Schritte zurück und nehme erneut auf meiner Holzkiste Platz. Dabei bin ich voller Erwartung.

Kostja greift in sein volles schwarzes Haar, stimmt kurz die Geige und beginnt zu spielen.

Ich versenke mich ganz in die Sprache seines Geigengesangs. Und im fortlaufenden Scherzo ist die Musik für mich wie ein Wildwassersturz, der mir wie ein rauschender Jubel vorkommt. Der Klang seiner Geige entfesselte Wildheit. Ein Tanzen auf Saiten, Springen und Greifen und schluchzendes Weinen … Und der die Musik geschrieben hat, gab der Menschheit ganz neue Töne. Kostjas Solo wühlt mich auf, treibt Tränen in die Augen und entfacht ein Glücksgefühl. Ich möchte es festhalten, nie wieder loslassen, aber …

Plötzlich Pause. Ausgetönt? Ich öffne die Augen, blicke zur Bühne. Doch da ist keine Bühne. Vor mir steht Kostja. Auf seiner Stirn perlt der Schweiß. Und an seinen ruhenden Armen begreife ich, dass der liedhafte Aufschrei des Finales nicht im Konzertsaal ist, sondern in der Bahnhofshalle und in mir.

Ich springe auf, klatsche begeistert Beifall und rufe: „Bravo. Kostja! Bravo! Danke auch! Mensch, Junge, du hast heute wieder gespielt! So hätten dich deine Natascha und Katinka erleben und hören sollen.“ Dann kann ich es mir nicht länger verkneifen und schließe Kostja in meine Arme. Voller Bewunderung blicke ich in sein durchgeistigtes Gesicht, über das ein flüchtiges Lächeln huscht. Aber schon legt er die Stirn in Falten und seine Stimme klingt traurig als er sagt: „Ach, Irmgard, ich hab Heimweh nach zu Hause. Weihnachten ich möchte sein bei Frau und Kind und Familie. Hab' Herzdrücken in meine Brust.“ Kostja geht in die Hocke und sammelt das Geld ein …

Ich neige mich zu ihm herab und frage, wie man nur einen guten Freund fragen kann: „Und, hast du bald das Geld zusammen für Katinka?“

Kostja nickt und verstaut die Münzen in seine Jacken- und Hosentaschen. Dabei sagt er: „Hab gut verdient heute. Wenn Väterchen Frost kommt, dann ich fahren nach Kiew. Und böse Leukämie wird besiegt im Krankenhaus …“

Ich bin erstaunt mit welcher Überzeugung Kostja das sagt. Aber gleichzeitig kommt in mir eine stille Wehmut hoch. „Ach, Kostja, du wirst mir fehlen“, sage ich zu ihm. „Das vergangene Jahr war eine schöne Zeit mit dir. Und was mache ich ohne deine Violinsolos?“

Kostja schaut mich mit großen Augen an und muss lachen. „Aber Irmgard, kein Problem. Du kommen geflogen nach Kiew. Und wir feiern großes Fest auf Katinkas Gesundheit“, sagt Kostja, während er vorsichtig seine kostbare Geige in den Kasten packt und mit einem Tuch zudeckt.

Dem kann ich nur zustimmen. Kostjas Zuversicht und sein Glaube lassen auch mich hoffen. Ich reiche ihm zum Abschied die Hand und sage: „Na, dann bleib gesund, bis nächste Woche Dienstag. Da bist du doch wieder hier? Kostja, ich freue mich schon drauf.“

Kostja nickt, gibt mir einen Handkuss und winkt mir noch mit seinem Bogen lebhaft hinterher. Ja, ich sehe es ihm an, er ist zufrieden …

Ich gehe, ungeachtet der vorbeieilenden Menschen, langsam zum Bahnhofsausgang. Dabei muss ich denken. Dieser Tag war wieder ein Stück Hoffnung. Für Kostja, seine Frau und für sein Töchterchen Katinka. Ja, und auch für mich.

Augenchirurg Professor Dr. Michail operiert.

Was für ein Mensch! Hunderte Patienten führte er aus der Dunkelheit neu ins Licht. Ein großer russischer Wissenschaftler in Petersburg, eine beeindruckende Persönlichkeit.

Ihm zur Seite ein gut aufeinander eingearbeitetes Team, das schon sehr viele Bewährungsproben erfolgreich gemeistert hat …

Doktor Ho Chin Tan, Sohn eines armen Reisbauern, ist bei der vierten Operation dieses Tages dabei. Die Hauptverantwortung liegt diesmal in seinen Händen. Unter dem grellen Licht der Operationslampe kämpft er gegen den Schatten einer jahrelangen Erblindung. Alles hängt von diesem Eingriff ab. Es ist seine große Stunde, auf die er ungeduldig gewartet hatte. Ein Augenblick der Bewährung …

Seine Patientin, eine 28-jährige Bäuerin aus der Ukraine, verheiratet und Mutter von drei Kindern.

Dr. Ho Chin Tan ist sich seiner Aufgabe voll bewusst. Äußerste Konzentration zeichnet sein Gesicht. Seine Stirn ist schweißfeucht. Schwester Katja wischt sie ab. Worte fallen kaum. Wie gebannt, den Atem anhaltend, stehen die Ärzte und Schwestern dabei und vergessen sich selbst. Manchmal nur richtet Ho Chin Tan einen fragenden Blick auf Dr. Michail. Der nickt zustimmend. Diese stille Verständigung ist Zuspruch und Mutmachen zugleich. Sie verleiht Dr. Ho Chin Tan neue Sicherheit. – Ein halbes Jahr noch, dann soll er in seiner vietnamesischen Heimat beweisen, ob er seinem großen Lehrmeister gerecht werden kann.

Ho Chin Tan zwingt sich zur Ruhe. Er steht vor der entscheidenden Phase. Eine große Anspannung liegt auf seinem Gesicht. Er hält inne, schluckt und zieht die Brauen schräg nach oben. Sein Blick bohrt sich fest, voll konzentriert auf den Sehnerv. Mit ruhiger Sicherheit, seinen ganzen Willen beherrschend, fügt er vorsichtig die künstliche Linse ein …

Geschafft! Alle Anwesenden atmen erleichtert auf. Die angespannten Gesichter glätten sich. Dr. Michail reißt als Erster die Handschuhe herunter und löst den Mundschutz. Zufrieden klopft er Ho Chin Tan auf die Schulter. „Gratuliere, mein Freund, du hast dich sehr gut geschlagen und die Feuertaufe bestanden“, sagte er undramatisch mit einem glücklichen Lächeln in den Augen.

Ho Chin Tan nickt in bescheidener Zurückhaltung. Die Anstrengung zeichnet noch sein Gesicht. Auch die anderen Ärzte teilen mit Ho Chin Tan die Freude über den Erfolg. Lebhafte Diskussionen bei einem Glas Tee folgen … Mitten in diese Hochstimmung hinein kommt Schwester Katja in das Arztzimmer. „Herr Doktor Ho Chin

Tan, hier, ein Brief für Sie! Kann ich die Briefmarke haben?", fragt sie lebhaft und reicht ihm das Kuvert hin. „Von meinem Vater", erklärt Ho Chin Tan erfreut und reißt den Umschlag hastig auf. Diskret entfernen sich die Ärzte. Nur Schwester Katja bleibt in seiner Nähe. Ungeduldig wartet sie auf die vietnamesische Briefmarke.

„Sicher freut sich mein Vater, dass ich bald nach Hause komme", sagt Ho Chin Tan und liest: „Mein lieber Sohn! Ich hoffe, es geht dir gut und du bist bester Gesundheit? Gestern habe ich deinen Wunsch erfüllt und auf Mutters Grab die Orchideen gebracht. Zart und fein, wie sie selbst war, sehen sie aus. Es ist still um mich geworden. Mutters kleine Gesten zum Anlehnen und Ausruhen fehlen mir sehr. Oft denke ich an dich, mein Junge. Deine beruflichen Erfolge erfreuen mein altes Herz sehr. Dein letzter Brief hat mir Wasser in die Augen getrieben und sie trotzdem nicht klar gespült. So muss ich jetzt auch diesen Brief diktieren ... Ja, aber dein Nichtchen, die kleine Lanlai, sie tut es gerne für mich ..."

„Ach, Herr Doktor, kann ich die Briefmarke ... Oh, vielen herzlichen Dank! Doch warum sind Sie so nachdenklich?"

„Vaters Augenlicht hat sich verschlechtert. Er lässt schreiben: ‚... nun, wo ringsum aus der Helle Leben wächst, wird es für mich zunehmend dunkler ...'"

Schwester Katja senkt den Blick und seufzt. Sie weiß um das Schicksal des alten Mannes, der die

Hilfe seines Sohnes dringend benötigt und große Hoffnung auf ihn setzt.

Doktor Ho Chin Tan merkt ihre innere Anteilnahme. Er zwingt sich selbst die Sorge vom Gesicht und sagt gelöster. „Mein Vater lässt auch Erfreuliches schreiben. Der Wiederaufbau im Dorf geht gut voran. Die Schule wurde erweitert und eine neue medizinische Einrichtung ist entstanden. Die Heimat wird schöner mit jedem Tag. Wo früher verbrannte Erde war, wächst Reis, blühen Blumen und Gräser. Nur ..." Ho Chin Tan hält inne. Sein Antlitz wird wieder ernster. Er schließt die Augen und reibt sich die Müdigkeit aus dem Gesicht.

Schwester Katjas Herz wird groß und weit. Laut sagt sie: „Schreiben Sie Ihrem Vater herzliche Grüße von uns mit. Wir alle hier denken an ihn und ... und schreiben Sie auch, heute waren alle sehr stolz auf seinen Sohn. Denn Sie haben eine komplizierte Operation selbstständig und sehr gekonnt gemeistert. Bitte schreiben Sie ihm das unbedingt!"

Dr. Ho Chin Tan lächelte verlegen und weist auf den Schluss des Briefes hin. „Da steht: ‚Nutze die Zeit, die kostbare, mein Sohn. Jede Stunde deines Lebens ist deine Zeit. Lerne mit einem wachen Geist, halte die Augen auf, so dienst du uns am besten. Ich glaube an dich und warte sehnlichst auf deine baldige Heimkehr. Es umarmt dich dein Vater. Grüße herzlich alle deine

Freunde in Russland von mir und von allen. Die Leutchen hier fragen oft nach dir.'"

Langsam faltet Ho Chin Tan die losen Blätter zusammen. Schwester Katja sieht, jetzt zittern die sonst so ruhigen Hände ein wenig. Er wendet sich ab, geht ans Fenster und schaut gedankenverloren in die laubgefärbten Baumkronen, die davor stehen …

Dr. Michail tritt ein. Er sieht den ernsten Gesichtsausdruck und fragt besorgt: „Nun, mein Freund, schlechte Nachricht von zu Hause? Und wie geht es deinem Vater?"

Ho Chin Tan hebt den Kopf und nickt. „Es wird alles dunkler um ihn, lässt er schreiben. Vater setzt große Hoffnung auf das neue Krankenhaus in Hanoi. Und auf meine Rückkehr … Ob ich ihm helfen kann?", fragend ist sein Blick auf Dr. Michail gerichtet.

„Was sollen die Zweifel? Hast du noch immer kein Selbstvertrauen? Dann richte dich bitte gleich morgen auf die nächste selbstständige Operation ein. Abgemacht?", sagt Dr. Michail mit lebhafter Stimme und ausschweifenden Handbewegungen.

Dr. Ho Chin Tan nickt zustimmend und sagt lächelnd: „Ja, ich glaube, das ist die beste Antwort für Vater …"